PAREJA ASIGNADA

PROGRAMA DE NOVIAS INTERESTELARES®:
LIBRO 2

GRACE GOODWIN

BOLETÍN DE NOTICIAS EN ESPAÑOL

FORMA PARTE DE MI LISTA DE ENVÍO PARA SER DE LOS PRIMEROS EN SABER SOBRE NUEVAS ENTREGAS, LIBROS GRATUITOS, PRECIOS ESPECIALES, Y OTROS REGALOS DE NUESTROS AUTORES.

http://ksapublishers.com/s/c5

Copyright © 2016 por Grace Goodwin

Todos los derechos reservados. Ninguna parte de este libro puede ser reproducida o transmitida de ninguna forma ni por ningún medio, ya sea eléctrico, digital o mecánico, incluidas, entre otras, fotocopias, grabaciones, escaneos o cualquier tipo de sistema de almacenamiento y de recuperación de datos sin el permiso expreso y por escrito del autor.

Publicado por Grace Goodwin con KSA Publishing Consultants, Inc.

Goodwin, Grace
Pareja asignada

Diseño de la portada por KSA Publishing Consultants, Inc.
Imágenes por Deposit Photos: asherstobitov, frenta

Nota del editor:
Este libro ha sido escrito exclusivamente para una *audiencia adulta*. Azotes y otras actividades sexuales que estén incluidas en este libro son fantasías estrictamente dirigidas a adultos, y no son aprobadas ni promovidas por el autor o editor.

1

Mi mente se sentía confundida, como si acabara de despertar o si tuviera demasiado alcohol en mi sistema. Pero esa confusión rápidamente se convirtió en sensación. Estaba desnuda e inclinada hacia delante sobre una especie de banco duro. Mis senos se sacudían debajo de mí con cada poderosa y profunda estocada de la polla de un hombre dentro de mí. El envolvente calor forzó un gemido por mi garganta y cerré mis ojos para deleitar la forma en la que mi coño estrecho se apretaba y se contraía sobre su grueso tronco. Él estaba de pie detrás de mí, yo añoraba ver su rostro para saber quién podía causarme tanto placer.

—Al parecer le gusta que la follen de esta manera. A la mayoría no le gusta estar inclinada y amarrada a un soporte. —Una profunda voz masculina habló desde algún lugar detrás de mí, pero yo estaba demasiado distraída por los bruscos movimientos de la inmensa polla entrando y saliendo de mí como para buscarlo. No era el hombre que me estaba follando, por lo que no era nadie para mí. Nadie. Solo mi amo importaba.

¿Amo? ¿De dónde había salido eso?

—Sí, su coño está increíblemente apretado y muy mojado. ¿Te gusta que te tomen así, *gara*? —La segunda voz era aún más profunda y venía de detrás de mí, directamente detrás de mí.

Me había hecho una pregunta, pero todo lo que yo podía hacer era gemir por la increíble forma en la que me abría. Jamás me había empalado una polla de este tamaño. La gruesa verga entraba más profundamente en mí con cada fuerte choque de sus caderas contra mi culo. El sonido de la piel sobre piel, de mi humedad facilitando su poderosa entrada, inundaba la habitación. Él cambió su ángulo, su dura cabeza rozándome profundamente por dentro y dejé salir un chillido. Su polla era como un arma, una herramienta contra la cual no podía luchar.

¿Cómo había terminado aquí? Lo último que recordaba era estar en la Tierra, en el centro de procesamiento.

Ahora me encontraba atada a algún tipo de soporte con cuatro patas, con mis tobillos amarrados a un lado y mis manos atadas a pequeñas manijas unidas al otro. Era tan angosto que mis pechos colgaban, permitiendo que algo que yo no podía ver me halara los pezones. La combinación de dolor y placer se sentía como si una corriente eléctrica cayera directamente sobre mi clítoris, la intensa sensación me dejaba sin aliento. Con cada profunda estocada, mi clítoris se rozaba contra algo duro debajo de mí, algo que se movía conmigo al mismo ritmo en el que su polla me penetraba. Las vibraciones bajo mi clítoris causaron que un orgasmo fuera creciendo hasta hacerme sentir como una bomba de tiempo a punto de estallar. Mi piel comenzaba a sudar, mientras yo me aferraba al soporte como si fuera lo único que me impidiera salir volando. No estaba segura de si sobreviviría a la explosión.

—Está apretando mi polla —gruñó el hombre, y sus movimientos se volvieron menos metódicos, como si estuviese perdiendo la batalla contra sus necesidades básicas de entrar en mí.

—Bien. Haz que se corra bastante para que se ablande y acepte tu semilla. Deberías ser capaz de reproducirte con ella sin retraso.

¿Reproducirse?

Abrí mi boca para preguntar de qué estaban hablando, pero esa inmensa polla chocó contra mí mientras una mano tibia se colocaba sobre mi nuca, sujetándome, a pesar de que no podía ir a ninguna parte. Lo sentí como un gesto simbólico de que estaba bajo su control y no había nada que yo pudiera hacer. Debí haber gritado o luchado, pero esa mano fue como un interruptor de apagado y me quedé completamente quieta, ansiosa por su siguiente estocada.

Este momento, este hombre... seguramente no era más que un sueño. *Nunca* tendría sexo mientras alguien más observaba. Nunca dejaría que me ataran y amarraran de tal manera. Nunca. Esto no podía ser real. Yo no permitiría este tratamiento tan bajo. Yo era una médica, una sanadora. Era soberanamente respetada y con mucha razón. Era una mujer con algo de poder. Nunca me sometería a esto...

Como si se burlara de mí, él arremetió contra mí con más fuerza y una fuerte mano aterrizó con escozor sobre mi nalga desnuda. El ardor se extendió como mantequilla caliente derritiéndose sobre mi piel, con el calor viajando en línea recta hacia mi clítoris. Me azotó nuevamente y apreté los dientes para reprimir un grito de placer.

¿Qué me estaba sucediendo? ¿Me *gustaba* que me azotaran?

Otro manotazo fuerte, otro escozor de dolor, y las lágrimas se me escaparon mientras luchaba por mantener mi compostura. Yo era una profesional. Nunca me había rendido ante el pánico o la presión. O el placer. Nunca perdía el control.

Gracias a años de entrenamiento y disciplina, me obligué mentalmente a tomar nota de mis alrededores. No podía reconocer nada, ni la tenue iluminación ambarina, las gruesas alfombras del suelo, las paredes de un extraño color arena, ni el aroma a almendras y a algo extrañamente exótico que podía oler emanando de mi propia piel. El reflejo brillante en mi piel usualmente pálida hacía parecer que me habían frotado con aceite perfumado. Ese olor, y el pegajoso almizcle de follar, flotaban en el aire caliente a mi alrededor.

Mi mente se llenó de confusión, pero no podía enfocarme en la habitación ni pensar en cómo había terminado aquí porque, con cada respiración jadeante, una polla dura me llenaba hasta el borde del dolor, lo suficientemente cerca como para que la punzante sensación se sumara a las demás que sobrecargaban mi cuerpo y mente. El placer me consumía. Mi conciencia entera se redujo hasta que solo sentía la presión de mi piel contra el soporte, la mano sobre mi cuello manteniéndome en mi lugar como una gata satisfecha, el tenso vaivén de lo que parecía ser pequeñas pesas atadas a mis pezones, mi coño apretando la polla que me llenaba, que me reclamaba. Que me poseía.

El sexo nunca había sido tan bueno con ninguno de los hombres con los que había estado. No podía ver quién me estaba follando, pero no había dudas de que era un *hombre.*

El agarre sobre mi nuca se desvaneció, y luego sentí dos grandes manos sobre mis caderas desnudas, las yemas presionando mi carne redonda. Como no podía ver a ninguno de los hombres, esto tenía que ser un sueño. Y no quería que acabara. Tenía tantas ganas de correrme que estaba lista para rogar por ello.

Nunca había soñado con sexo. Nunca había soñado nada como esto, ningún sueño se había sentido *tan* real, se había sentido *tan* bien. No me importaba, no quería pensar más en ello porque las vibraciones sobre mi clítoris se intensificaron.

—¡Sí! —grité, intentando empujar mis caderas hacia atrás para que la increíble polla entrara con más profundidad—. ¡No pares, por favor, Dios mío!

Él no paró. Como el placentero sueño que era, me corrí. Las vibraciones sobre mi clítoris me llevaron al límite, pero fue la polla dentro de mí la que mantuvo el placer una y otra vez hasta que no pude soportarlo más.

El hombre follándome se tensó, hundiendo sus dedos en mis caderas, mientras rugía con su propia liberación. Sentí su semilla caliente profundamente dentro de mí. Mientras continuaba follándome en su orgasmo, el caliente y pegajoso líquido se desbordó de mi coño, cayendo por mis muslos. Yo me desplomé sobre el soporte, saciada y repleta. Lo último que escuché antes de entrar a la oscuridad de los sueños fue: —Ella bastará. Llévala al harén.

Luché para volver a la conciencia, pero deseaba no haberlo hecho. Una mujer joven y seria estaba sentada opuesta a mí en la pequeña sala de examinación. Parecía estar cerca de mi edad, y hubiera sido bonita, de no ser por la expresión poco simpática y de labios finos en su rostro. Ella usaba un definido traje marrón con tacones altos, y llevaba una tableta de procesamiento de computadora en su regazo. Con su cabello recogido hacia atrás en un moño estricto, se veía más como una mujer de negocios y no como una médica especialista. La habitación en la que estaba se parecía a un cuarto de hospital, tenía equipos médicos conectados a mi cuerpo para monitorear mi frecuencia cardíaca, actividad cerebral, y niveles de enzimas. Mi cuerpo todavía zumbaba por la fuerza de mi liberación y me sentí avergonzada al notar que la silla de examinaciones a la que estaba atada estaba empapada debajo de mi culo y mis muslos desnudos, humedad causada por mi excitación. La corta y simple bata gris que estaba usando tenía el logotipo del Programa de Novias Interestelares, y como cualquier otra vestimenta médica, estaba abierta por detrás. Como era de esperarse, estaba desnuda debajo para el procesamiento.

La mujer tenía la agria expresión de alguien acostumbrada a lidiar con prisioneros verdaderamente culpables de sus crímenes desalmados. Su uniforme marrón oscuro tenía en su pecho la insignia rojo brillante y tres palabras en letras también brillantes, las cuales me hicieron sudar frío.

Programa de Novias Interestelares.

Que Dios me ayude. Me estaba yendo a otro mundo, dejando la Tierra como una novia por correspondencia. Si bien el concepto había sido útil en siglos anteriores, había sido revitalizado para satisfacer las necesidades interplanetarias actuales. Como una de estas novias por correspondencia, estaba obligada a follar y tener bebés con algún líder alienígena de un planeta considerado digno por la coalición interestelar que ahora protegía a la Tierra. Un alienígena macho quien se habría ganado el rango y el derecho a reclamar una novia de uno de los mundos miembro protegidos. Como la Tierra era el planeta más recientemente añadido a la coalición, ahora ofrecía las miles de novias requeridas por año. Pocas eran las voluntarias, a pesar de la generosa compensación que se ofrecía a la valiente, o desesperada, mujer que se ofreciera como novia. No, la mayoría de las miles de novias enviadas a otros planetas eran mujeres condenadas por algún crimen o, como yo, se vieron obligadas a huir. A esconderse.

«...deberías ser capaz de reproducirte con ella sin retraso». Esa áspera y afilada voz apareció en mi mente. Eso había sido un sueño, ¿verdad? Pero ¿por qué soñaría *eso*?

—Señorita Day, soy la alcaidesa Egara. ¿Está al tanto de sus opciones de ubicación? Al ser una asesina convicta, usted perdió todos sus derechos excepto el de nombramiento. Usted puede nombrar un planeta, si lo desea, y le escogeremos su pareja de ese mundo basándonos en los resultados de su valoración. O puede renunciar al derecho de nombramiento y aceptar los resultados del proceso de valoración psicológica. Si elige esta opción, será enviada al planeta y a la pareja que mejor coincida con su perfil psicológico. Si desea conocer a su verdadera pareja, le recomiendo que escoja la segunda opción y siga las recomendaciones de los procesadores de emparejamiento. Hemos emparejado novias con sus parejas desde hace cientos de años. ¿Qué escogerá?

Apenas pude escuchar la voz de la mujer, estaba halando las esposas cerradas que mantenían mis muñecas a mis lados. Si bien había escuchado la mención de otros planetas, yo no conocía a nadie en otro mundo, mucho menos una pareja. En la Tierra, una mujer podía escoger sus propios novios, amantes, esposos. Pero ¿una pareja alienígena? No tenía idea de por dónde empezar. E incluso si escogía un mundo, mi pareja real se decidiría únicamente a través del análisis psicológico del Programa de Novias Interestelares. ¿Debería escoger un mundo?

Solo me iría por unos cuantos meses, no por el resto de mi vida. ¿Cuál sería la diferencia? Yo ni siquiera era Evelyn Day realmente.

Esa era mi nueva identidad. Mi nombre real era Eva Daily y tampoco era una asesina. Yo era inocente, pero eso no importaba. Ya no. No importaba que todo esto fuera una farsa, una forma de mantenerme viva hasta que se fijara la fecha del juicio para poder testificar en contra de un miembro de uno de los sindicatos de crimen organizado más poderosos de la Tierra.

Yo había sido una médica muy respetada hasta que presencié un asesinato por detrás de una cortina del departamento de emergencias del hospital. Resultó ser que yo era la única que podía identificar al asesino. La familia del asesino tenía una riqueza inmensa y conexiones poderosas tanto en el gobierno del mundo como en el crimen organizado. La protección para testigos era mi única oportunidad para mantenerme con vida hasta que pudiera identificar al hombre en la corte. Irme del planeta era la única forma de asegurar que el alcance extensivo de la familia no me hiciera daño.

Independientemente de que mi condena fuera solo una tapadera, en lo que respectaba al sistema de justicia de la Tierra, yo era una asesina. Me tratarían como tal. Esta bata médica era un gris uniforme de prisionera, mi muñeca y tobillos estaban atados a la dura e implacable silla. No tenía más opciones. Ya había repasado esta situación miles de veces en mi cabeza. Sobrevivir. Eso era lo que tenía que hacer y no habría manera de hacerlo si no me iba de la Tierra lo más pronto posible.

—¿Señorita Day? —repitió la alcaidesa. Su voz no expresaba emoción, como si hubiese procesado demasiados criminales como para no sentirse cansada y endurecida ante los peores delincuentes.

—Le preguntaré nuevamente, señorita Day. Tres es el número requerido de veces que debo intentar para obtener una respuesta. Después de eso, se la emparejará automáticamente, basándonos en los resultados de su prueba y será enviada a procesamiento.

Intenté calmar mi corazón acelerado, ya que no solo estaba atada sin poder moverme, sino que tampoco podía escapar de esa habitación, del edificio y, especialmente, de la vida que ahora tenía que enfrentar. Esta habitación gris no era nada comparada con lo que ya había soportado... y nada con lo que estaba por venir.

Pero no podía dejar que esta fría mujer decidiera por mí. Seguramente me enviaría a algún planeta severo como Prillon, donde los hombres eran conocidos por ser duros e implacables, tanto en la cama como fuera de ella.

—¿Desea reclamar el derecho a nombrar su mundo, señorita Day? ¿O prefiere someterse a los protocolos de ubicación del centro de procesamiento? —Su pregunta me sacó de mis pensamientos. Antes de que ella entrara a la habitación, me habían sometido al llamado «procesamiento». Había estado completamente alerta y despierta cuando comenzó, observando imágenes de distintos paisajes, hombres en todo tipo de vestuarios y de apariencias, incluso parejas participando en distintos actos sexuales, como una mujer arrodillada chupándole la polla a un hombre.

Infortunadamente, esa había sido una de las imágenes de adiestramiento. Algunas imágenes incluían a dos hombres tomando a una mujer; otras tenían habitaciones completas llenas de personas viendo cómo se follaban a una mujer. Ataduras, azotadores, juguetes sexuales. Las escenas habían pasado de ser desiertos a fotografías de extensiones urbanas de inmensas ciudades alienígenas del tamaño de la ciudad de Nueva York o de Londres, de consoladores y cinturones de castidad a perforaciones y sondas anales.

Las imágenes se movían cada vez más rápido y pensé que podría quedarme despierta, pero debí de haberme quedado dormida y entonces soñé ese extraño, pero vívido sueño. Cuando me desperté, las pantallas de video ya no estaban, pero todavía estaba atada a la silla de examinaciones.

Alcé la mirada hasta su rostro inexpresivo, lamí mis labios y contesté: —Aceptaré la selección del protocolo de procesamiento.

La mujer asintió secamente mientras presionaba un botón en la tableta frente a ella. —Muy bien. Comencemos el protocolo de selección de ubicación. Diga su nombre para que quede registrado.

Cerré mis ojos por un momento para luego abrirlos, todavía podía sentir los efectos prolongados de aquel orgasmo. Había sido intenso y había sido un *sueño*. Esta era la dura y fría realidad. Dudaba que hubiese un escape verdadero, o placer verdadero en mi futuro. —E-Evelyn Day.

Estuve a punto de decir mi nombre real, pero luego lo recordé. *¿Cómo pude olvidarlo?*

—¿Por cuál crimen fue encontrada culpable?

Me era difícil decir la palabra. Todavía no podía creer que había aceptado tales medidas extremas, tales mentiras.

—Asesinato.

—¿Está o estuvo casada alguna vez?

—No. —Esa era una de las razones por las que estaba en este embrollo. Trabajaba demasiado. No tenía un hombre en mi vida, no había nadie que me esperara en casa. Así que me quedaba trabajando, tomaba turnos extra, y presencié un asesinato.

—¿Ha producido descendencia biológica?

—No. —Quería hacerlo algún día, pero ¿con un alienígena? Eso no había sido parte de mis sueños de la infancia. ¿Por qué no pude conocer a un sensual hombre soltero que le gustaran las mujeres con cerebro y curvas generosas?

—Excelente. —La alcaidesa Egara marcó una lista de recuadros en la pantalla de su tableta—. Para que quede registrado, señorita Day, como una hembra elegible y fértil en la flor de la vida, tenía dos opciones disponibles para servir su sentencia por el crimen de asesinato: cadena perpetua sin libertad condicional en la Penitenciaria de Carswell, ubicada en Fort Worth, Texas.

Temblé ante la mención de la famosa prisión que albergaba a los criminales más peligrosos y crueles. El plan para mantenerme segura hasta el juicio era enviarme

Pareja asignada

a otro planeta. Carswell, afortunadamente, no fue algo que tuve que considerar.

La alcaidesa Egara continuó: —O, como escogió anteriormente, la alternativa del Programa de Novias Interestelares. Se le trajo hasta acá para completar su valoración y emparejamiento. Estoy encantada de decirle que el sistema ha encontrado una pareja exitosa y usted será enviada a un planeta miembro. Como novia, podría no regresar a la Tierra, ya que todos sus viajes serán determinados y controlados por las leyes y costumbres de su nuevo planeta. Renunciará a su ciudadanía de la Tierra y se convertirá en ciudadana oficial de su nuevo mundo.

¿A dónde me enviarían? ¿Qué clase de locura pervertida le mostró mi escaneo neuronal a esta mujer? Basándome en el sueño vívido, pudo haber sido cualquier cosa. ¿Iría a un jefe en Vytros o a un rico capitán mercante en Ania? ¿A uno de los aislados mundos patriarcales y duros?

Aclaré mi garganta, ya que se me atoraban las palabras. —¿Po-podría explicarme el proceso de selección? ¿Cómo sabré si las pruebas escogieron una buena pareja?

Ella me miró como si yo hubiese vivido bajo una piedra toda mi vida. —¿De verdad, señorita Day? Usted sabe cómo funciona.

Al verme en silencio, dejó salir un suspiro. —Muy bien. A todas las prisioneras se las somete a un conjunto de pruebas. Se estimuló y monitoreó su mente para reacciones tanto conscientes como subconscientes para asegurarnos de poder emparejarla apropiadamente con las costumbres y prácticas sexuales de otro planeta. Ya que vivirá allí indefinidamente, es importante que enviemos a novias que sean *dignas* de los líderes que las piden.

—Cada planeta posee una lista de machos calificados en espera de una novia —continuó—. Sus resultados muestran el mejor mundo para usted, y luego la emparejan con el candidato más compatible. Una vez que su procesamiento comience, él será notificado. Una vez lista, se le transportará y usted despertará en el nuevo planeta. Su pareja estará esperándola para reclamarla.

Con mis muñecas aún atadas, pude ser capaz de apretar mis puños. —¿Y si... y si el emparejamiento no es bueno?

Ella frunció la boca. —Ya no hay vuelta atrás. De acuerdo con el Protocolo 6.2.7a, no la podemos obligar a estar con alguien incompatible. Usted tendrá treinta días para decidir si el candidato principal es aceptable. Si, después de los treinta días, usted no está satisfecha con su pareja, usted será asignada y transferida a otra pareja de ese mundo. Tendrá treinta días para aceptar o rechazar a cada candidato hasta que se establezca con una pareja.

—¿Y ellos... quiero decir, él tendrá la oportunidad de rechazarme? —Otros hombres ya me habían rechazado. Muchas veces. ¿Qué haría que un hombre en algún planeta lejano fuera diferente?

—El programa de emparejamiento tiene una tasa de éxito por encima del noventa y nueve por ciento. Usted ha completado las pruebas y nosotros hemos confirmado su ubicación personal. Estoy segura de que se establecerá exitosamente. Estas parejas, dependiendo del planeta, necesitan mujeres para prolongar su raza, su cultura y su estilo de vida. Las hembras son valiosas, señorita Day. Por ello es que se estableció el tratado interplanetario. Si, no obstante, su pareja la encuentra... poco satisfactoria, usted será emparejada con otro macho de ese planeta. Recuerde, su primera pareja es el planeta, el macho es la segunda.

—¿Mi pareja sabrá que me condenaron por un crimen?

—Por supuesto. El tratado exige una transparencia total.

—¿Y están tan desesperados que aceptan convictas? —Jamás me habían encontrado lo suficientemente digna como para ser una novia, mucho menos una esposa. ¿Cómo me iba a querer alguien ahora que era una asesina convicta? —¿No les daba miedo que pudiera asesinarlos mientras dormían? —Yo no haría eso, pero eso no lo sabían *ellos*. ¿Me castigarían en su mundo por un crimen que supuestamente cometí aquí en la Tierra?

La mujer frunció la boca.

—Le garantizo, señorita Day, que cuando conozca a cualquiera de las parejas en cualquiera de los planetas, usted entenderá. No se preocupe, ya que ser asesinados por una mujer como usted no será una de sus preocupaciones.

Bajé mi mirada y me vi vestida con ese simple y gris uniforme de prisionera. Yo no era una delgaducha. Tenía... curvas. Mi peso no había cambiado, ni siquiera con el estrés de las últimas semanas, con el juicio próximo y todo lo que este acarreaba. En todo ese tiempo no me había visto en un espejo ni con maquillaje, así que solo podía suponer cómo me veía. Seguramente mi compañero me rechazaría antes de saludarme si me viera así.

La mujer dio una mirada a su tableta. —¿No tiene más preguntas? Tengo que procesar a otra mujer hoy.

Realmente no tenía opción. Asentí. —Estoy... estoy lista... —tragué. Decir las palabras que cambiarían mi vida era más difícil de lo que esperaba—. Estoy lista para irme a otro planeta y aceptaré mi ubicación basada en las pruebas.

La mujer asintió decisivamente. —Muy bien. —Ella presionó un botón y mi silla se inclinó hacia atrás como si estuviera en el consultorio del dentista—. Para que quede registrado, señorita Day, usted ha escogido cumplir su sentencia bajo la tutela del Programa de Novias Interestelares. Se le ha asignado a una pareja a través de los protocolos de pruebas y será transportada a otro planeta para nunca volver a la Tierra. ¿Es correcto?

Ave María Purísima, ¿qué he hecho? Regresaría para testificar, pero *realmente* me estaba yendo. —Sí.

—Excelente. —Ella le dio una mirada a su tableta—. La computadora la ha asignado a Trion.

¿Trion? Rebusqué en mis recuerdos algo, lo que fuera, sobre ese mundo. Nada. No tenía nada. *Dios mío.*

Pero quizás ese mundo era el que había aparecido en mis sueños. Las alfombras. El aceite de almendras. La inmensa polla...

—Ese mundo requiere una detallada preparación física

para sus hembras. Por lo tanto, su cuerpo será preparado apropiadamente antes de iniciar el transporte.

Mi cuerpo será... ¿qué?

La alcaidesa Egara empujó mi silla por un lado y, para mi sorpresa, la silla se deslizó hacia la pared, donde apareció una abertura gigante. La silla de examinaciones se deslizó, como si estuviera en un recorrido, para entrar al espacio recién revelado del otro lado de la pared. La diminuta habitación era pequeña y una serie de luces azules brillantes resplandecían. La silla se detuvo de golpe y un brazo robótico con una gran aguja subió silenciosamente a mi cuello. Hice un gesto de dolor al sentirla perforar mi piel, luego todo lo que sentí fue un leve hormigueo en el lugar de la inyección. Una sensación de letargo y de satisfacción hizo que mi cuerpo se debilitara mientras me bajaban a una tina con un cálido líquido azul. Me sentía tan cálida, tan adormecida...

—Intente relajarse, señorita Day. —Su dedo tocó la pantalla en su mano y su voz se escuchaba como si estuviera muy, muy lejos—. Su procesamiento comenzará en tres... dos... uno...

2

—La transferencia debió debilitar su cuerpo, por eso duerme.

Escuché la voz, pero no me moví. Estaba bastante cómoda y no quería despertarme.

—Sí. Sin embargo, ha estado así por cuatro horas. —Esta voz era más profunda, más demandante, se notaba claramente frustrado por mi situación—. Goran, quizás mi pareja haya sufrido daños durante el transporte.

¿Daños?

—No parece haber sufrido ningún daño. —Una voz distinta—. Ella es pequeña y quizás necesita más tiempo para recuperarse.

¿Pequeña? *Nunca* me habían considerado pequeña. Bajita quizás, pero ¿pequeña? Casi era gracioso. No podía mover mi cuerpo para ver quiénes me consideraban otra cosa distinta de mi yo muy curvilíneo y sólido. Era como si acabara de despertarme de una larga siesta, me hacía feliz estar así. Me sentía cálida, a salvo, segura, no al borde de... ¡vaya!

Mis ojos se abrieron como platos y no veía las grises paredes del interior de las instalaciones de procesamiento, donde había estado los últimos días. En su lugar, parecía estar en una especie de estructura rústica, el techo y las paredes estaban hechas de lona robusta. No podía ver mucho del lugar ya que tres hombres estaban asomados sobre mí. Mis ojos se abrieron por su tamaño. Eran formidablemente grandes y... *grandes*. Jamás había visto a un hombre tan grande, mucho menos a tres. ¿Eran de tamaño normal?

Todo sobre ellos era oscuro. Tenían ojos y cabellos negros, ropa negra sobre piel bronceada. Me recordaban a los hombres de la región mediterránea de Europa. Pero el centro de procesamiento no me había enviado a Europa, ni siquiera al Medio Oriente. Me habían enviado a otro planeta. ¿Trion? ¿Dónde estaba eso? ¿Qué tan lejos estaba de casa? La alcaidesa Egara no me dijo qué tan lejos estaba este planeta antes de deslizar su dedo sobre su pantalla para que me transportaran. Había sucedido muy rápido. Fue como dormirse para una cirugía para luego despertarse sin idea alguna de lo que había pasado durante todo ese tiempo.

Estaba acostada de lado, y ya no me encontraba en esa incómoda silla del cuarto de procesamiento, sino en una cama estrecha. Mis muñecas y mis tobillos ya no estaban atados, por lo que alcé mi mano derecha para pasar mis dedos por los cabellos justo detrás de mi oreja.

Sí. Allí estaba. Solté un respiro contenido. El pequeño

bulto causado por el implante del departamento de justicia, se trataba de un dispositivo con el cual me prometieron que volvería a casa algún día. Hasta entonces, tenía que sobrevivir como Evelyn Day, asesina convicta.

Parpadeé confundida, mientras intentaba orientarme. Toda mi vida había sabido de la existencia de planetas alternos, pero los medios nunca nos mostraron imágenes de estos. Los únicos que tenían permitido transportarse a otros planetas eran los militares y las mujeres del programa de novias... Debido a esto, siempre supuse que los alienígenas serían muy diferentes a los humanos, pero estaba completamente equivocada. Estos hombres, de ser ejemplos de la raza de su planeta, eran especímenes muy atractivos y se parecían mucho a los humanos. Atractivos quizás no era la palabra correcta. Intensos, viriles, masculinos. Hermosos.

A pesar de todo, su poder y energía áspera, su gran tamaño y la muy clara posibilidad de que pudieran lastimarme me hicieron retroceder.

La pared se dobló contra mi espalda y tuve que bajar la mano para equilibrarme. Estaba sobre mis manos y rodillas, y las miradas de los hombres pasaron de mi cara a mi cuerpo. Podía sentir el aire cálido de este lugar, donde sea que estuviera, contra mi piel desnuda. Al bajar la mirada noté que definitivamente ya no estaba usando el uniforme de prisionera. Estaba desnuda.

—¿Dónde está mi ropa? —chillé, intentando cubrir mi cuerpo y mirando alrededor. El lugar era espartano, solo tenía la cama donde estaba sentada y una mesa en el centro de todo. La habitación no era excesivamente grande, o quizás los tres hombres ante mí ocupaban la mayor parte del espacio con su inmenso tamaño. Había unos grandes baúles negros alineados en una pared y unos artilugios de metal, semejantes a maquinaria médica del hospital y electrodomésticos de mi cocina, estaban colocados sobre ellos.

—Has sido transportada y procesada según dicta la costumbre —dijo uno de los hombres.

—Pero estoy desnuda. —Mis manos se detuvieron y bajé la mirada al sentir mis pezones. Unos anillos de oro los atravesaban. Y como si eso no fuera suficiente, una cadena dorada iba de un anillo al otro, colgando justo por encima de mi ombligo.

Yo... eh, tenía los pezones perforados. No podía dejar de ver tan extraño acontecimiento. Los aros eran más pequeños que un anillo para los dedos, la cadena que los juntaba era delgada como un cordón y estaba decorada con pequeños discos dorados.

—Puedo ver por tu reacción que los adornos no son comunes en la Tierra. —No levanté la mirada para ver quién había hablado.

¿Adornos? Sorprendentemente, las perforaciones no me dolían a pesar de ser completamente nuevas. Tenían que arder, por lo menos. A los diez años me perforaron las orejas y tardó más de un mes para que los agujeros sanaran. Pero ahora no sentía dolor, solo los sentía un poco halados por el peso de la cadena. Era leve, pero constante... y excitante. Mis pezones se endurecieron y di un grito ahogado para luego cruzar mis brazos sobre mi pecho.

—Bienvenida a Trion. Yo soy Tark, tu nuevo amo, y te encuentras en la unidad médica del Puesto Avanzado Nueve. Te traje hasta aquí para que un médico te viera después de tu transferencia, ya que no despertabas. —El que habló fue el de la derecha, su profunda voz se me hacía conocida por alguna razón. Sus oscuros ojos se encontraron con los míos y allí se quedaron. No podía desviar la mirada y tampoco quería hacerlo, porque... sentía algo. Ningún hombre en la Tierra me había mirado de una forma tan intensa. Es como si me estuviese reclamando con solamente mirarme.

¿Por qué su voz se me hacía conocida? Era extraño, pero descarté ese pensamiento ya que era imposible. Él le dio una mirada a uno de los otros hombres y luego volvió a mirarme a mí, con claridad y propósito. —Este es Goran, mi segundo al mando. —El otro hombre asintió. Se veía más joven que Tark y una o dos pulgadas más pequeño, pero eso no le restaba poder a su complexión—. Y este es Bron, el médico asignado al Puesto Avanzado Nueve.

El tercer hombre también inclinó ligeramente su cabeza y permaneció en silencio. No mantuvo sus ojos sobre los míos como había hecho Tark, sino que los dejaba viajar por todo mi cuerpo. Moví mis manos para intentar cubrirme mejor, pero sabía que él podía verlo *todo*.

Los tres usaban pantalones negros, pero mientras que los otros dos hombres usaban camisas negras, la de Tark era gris. El corte era similar al que los hombres usaban en la Tierra; sin embargo, jamás había visto unos hombros tan amplios o cuerpos tan bien definidos. Estos hombres eran fuertes y sus ropas solo lo acentuaban más.

Tark era el único hombre que me hablaba. —Evelyn Day, me fuiste asignada por el tratado interplanetario. Si bien tu bienestar me fue asegurado, la transferencia pudo haberte provocado daños. Estuviste dormida por más tiempo del anticipado. Bron te examinará en busca de daños. Levántate.

Me extendió su gran mano para que la tomara. La miré con cuidado, y luego lo miré a él. Con precaución.

—¿Me examinará? —pregunté, con mis ojos bien abiertos. Podía escuchar el movimiento de sangre en mis orejas y comencé a jadear—. No… no es necesario. Como dijiste, solo soy pequeña.

Dio un paso adelante, con su mano aún extendida. —Difiero. Yo cuido lo que es mío.

Pacientemente esperó, y luego suspiró.

—Entiendo que una prisión de la Tierra era tu alternativa. Me satisface tu elección, ya que, de todas las posibles parejas en el Tratado Interplanetario, tus necesidades subconscientes van de la mano con nuestra forma de vida. Parece que existimos para darnos mutuamente exactamente lo que ambos necesitamos.

Pausó, e intenté asimilar esas palabras. ¿Él me daría lo que yo necesitaba? ¿Cómo podría hacerlo, cuando lo que necesitaba era ir a casa, testificar y recuperar mi antigua vida?

Él extendió su mano y pasó sus nudillos por mi

mejilla.

—Tu pasado no es importante, *gara*. Ahora eres mía y debes obedecerme en todo. —Su voz se volvió más profunda y su tono decía que a él no se le negaba nada.

Fruncí el ceño, poco contenta por sus palabras, pero el toque de ternura me desequilibró.

Tomé su mano porque no tenía otra opción. Era tan grande que su palma engullía la mía. El contacto era cálido y el agarre, gentil, pero estaba segura de que no me dejaría ir. No podría superar a los hombres si quisiera correr y, si lograba evadirlos, ni siquiera sabía dónde estaba. La única forma de regresar a la Tierra era a través del transportador, y ellos no me llevarían a un puesto avanzado de transporte, ni sabía yo cómo operar uno. Estaba bien y verdaderamente atrapada con *él*. Por lo menos hasta que me llamaran para testificar. Sin embargo, el fiscal dijo que eso podría tomar meses. *¿Meses con este hombre en un planeta extraño?* El pensamiento me hizo tragar saliva.

Él me ayudó a ponerme de pie y me bamboleé, lo que causó que la cadena que colgaba de mis pechos se moviera también. Estaba de pie sobre lo que parecía ser una sábana de fino suelo gris. No cubría todo el espacio, ya que la arena la rodeaba hasta las paredes. ¿Arena? ¿Acaso estábamos en el desierto? ¿Era por eso que hacía calor, por qué su piel estaba tan bien bronceada? Ver mis pies descalzos junto a tres pares de botas era extraño.

Las paredes eran opacas. Las luces sobre los soportes alrededor de la sala arrojaban un suave resplandor.

Levanté mi mano libre para detener el movimiento. Él

me estabilizó mientras yo inclinaba mi cabeza hacia atrás, muy atrás, para encontrarme con su mirada.

—¿Qué... qué vas a hacer conmigo?

Sus ojos oscuros examinaron mi rostro y luego bajaron hasta mi cuerpo. Me sonrojé, sabiendo que él, y los demás, podían verlo todo.

—Eres la primera que vemos de la Tierra y debo mirarte más de cerca. —Los ojos del médico recorrieron mi cuerpo como los de Tark, pero esto me hizo sentir... expuesta y sucia. Yo conocía esa mirada. Al parecer, los hombres lujuriosos no solo existían en la Tierra.

Me moví para quedar ligeramente detrás de Tark, usándolo como escudo. Su aroma se elevó desde su camisa y fue embriagante. Era limpio, nítido y con un toque de algo misterioso. Fuera lo que fuese, me gustó. ¿Sería porque habíamos sido emparejados?

—No necesito que me examinen y usted ciertamente no me verá más de cerca. Estoy bien, si no, no me habrían enviado. Tampoco soy un experimento científico. Soy una pareja. —Levanté mi barbilla y afirmé mi voz, pero estaba a merced de estos hombres. No tenía idea si el término «pareja» tenía algún tipo de estatus en Trion, pero seguramente ningún hombre permitiría que otro *examinara* a su pareja solo por diversión.

No alcé la vista, pero pude ver que la miraba de Tark pasó de estar sobre mí hasta los hombres frente a mí.

—¿Permitirás que me hable de esa manera? —Bron le preguntó a Tark, con una expresión venenosa hacia mí.

La otra mano de Tark se convirtió en un puño. —

¿Permitiré que examines a *mi* pareja con una polla dura en tus pantalones?

El hombre se acomodó y tuvo la decencia de parecer avergonzado.

Tark agitó su mano de forma despreciativa y sentí, más que escuché, un gruñido desde lo profundo de su pecho.

—Goran, sácalo de aquí. Revisaré a mi pareja por mi cuenta.

Goran asintió y tomó al médico por el brazo, llevándoselo a jalones. Con una última mirada entrecerrada sobre su hombro, Bron fue sacado de la tienda a través de una abertura en la pared más lejana. Vi brevemente las siluetas de otras tiendas, pero mi vista se vio bloqueada con rapidez nuevamente.

Ahora a solas conmigo, Tark volteó y bajó la mirada hacia mí, era un guerrero imponente con ganas de comerse a su novia. No podía creer que este hombre fuera mi pareja. Si bien había soñado con encontrar a alguien especial, era bastante diferente saber de antemano que él era *el indicado*. No hubo citas, ni cortejo para descubrir intereses comunes y compatibilidad. En realidad, fue muy desconcertante. Además de eso, ¡estaba en un nuevo planeta en medio de la galaxia!

Podía oír cosas a través de las delgadas paredes: voces, extraños ruidos mecánicos, sonidos inusuales que tenían que venir de animales. ¿Caballos, quizás? ¿Qué tipo de animales tenían en Trion?

—Lo que Bron dijo es verdad. No debes hablarle de esa manera.

Mis ojos se abrieron como platos. —No estaba actuando como debería hacerlo un médico —repliqué.

Él se mantuvo en silencio, como pensando. —Eres nueva aquí y por lo tanto lo tomaré en cuenta para tu castigo.

—Casti...

Él levantó una mano y me interrumpió. —No se permite la impertinencia.

Fruncí el ceño. —*Él* fue el impertinente.

Tark estiró sus hombros y abrió su pecho, haciendo parecer que había crecido una pulgada. —¿Quién está siendo impertinente ahora?

Con sus largas piernas, dio dos pasos hacia un banco sencillo y corto. Parecía estar hecho de madera, pero no tenía idea de si eso era verdad. ¿Acaso tenían árboles en Trion?

Cuando se sentó, me tendió su mano. —Ven.

Le miré los dedos, largos y masculinos, pero no me moví. —¿Por qué?

—Te daré tu primera lección sobre Trion.

Eso parecía razonable, teniendo en cuenta que solo había estado en el planeta por unos cinco minutos. Acorté la distancia entre nosotros. Antes de saber qué había sucedido, me agarró por la cintura y me colocó sobre su regazo. Yo no era una mujer pequeña, pero él me maniobró como si fuera una pequeña delgaducha.

Tenía las caderas sobre sus duros muslos, la parte superior del cuerpo inclinada hacia el suelo gris y los senos colgando. La cadena que colgaba entre ellos rozaba el suelo. Los dedos de mis pies tocaron el suelo e intenté levantarme.

—¿Qué estás haciendo? —chillé, la sangre subía a mi cabeza—. ¡Déjame levantarme!

Tark puso una mano cálida en la parte baja de mi espalda para mantenerme en su regazo y, cuando intenté patear, él entrelazó mis tobillos con una de sus piernas.

—Cálmate, *gara*. Esperaba que recibieras una lección de castigo pronto, pero no así de rápido.

—¿Castigo? —grité—. ¡Pensé que dijiste que ibas a enseñarme sobre Trion!

—Lo haré. Empezando por esto.

Escuché el estruendo de su mano contra mi trasero antes de sentirlo. El agudo ardor chisporroteó sobre mi piel desnuda.

—¡Tark! ¡Déjalo ya, imbécil... autoritario!

Me azotó otra vez. Y otra vez. Cada vez que su gran palma me golpeaba, me movía en su regazo. Mi piel rápidamente comenzó a sentirse como si estuviera en llamas, punzante y caliente.

Me costaba respirar, mi cabello caía sobre mi cara, por lo que lo sacudí para quitarlo del camino. Después de un golpe indudablemente fuerte de su palma, extendí la mano e intenté cubrir mi trasero. En lugar de disuadirlo, él solo tomó mis muñecas con su mano libre y continuó.

—¿Estás lista para escuchar... con la boca cerrada? —preguntó, acariciando mi piel acalorada. De seguro estaba de color rojo brillante e hinchada.

Temerosa de decir una palabra, solo asentí con la cabeza y luego me dejé caer sobre su regazo.

—Ah, *gara*. Es un placer ver tu obediencia. —Antes de que yo pudiera siquiera comenzar a pensar en esa afirmación, él continuó—. Hablamos con deferencia aquí en Trion. Creo que también se refieren a eso como «modales».

Me quité un mechón de cabello de la boca cuando me di cuenta de que Tark pensaba que era una maleducada. ¿Qué pensaba él, que la Tierra estaba llena de paganos?

—Discutir con el médico no es tu deber. Es mi trabajo hacerlo en tu lugar. Fue impertinente, como dijiste, pero era mi trabajo como tu pareja el defender tu honor. Para defender tu posición como mujer en esta sociedad. Para protegerte. Cuando hablaste fuera de lugar, me quitaste eso, deshonrándome a mí también.

Era un poco anticuada, pero pude entender la lógica. Paseé mis dedos por el suelo liso. Tener una conversación con mi cara cerca del suelo era extraño, pero ser nalgueada también lo era. Bueno, también estaba en Trion, después de todo. —¿Quieres decir que debo someterte a ti?

—¿Estás familiarizada con los usos y costumbres de Trion?

Negué con la cabeza.

—¿Estás familiarizada conmigo?

Negué con la cabeza otra vez.

—¿Con el doctor Bron o la examinación que iba a hacerte?

—No —respondí.

—Si yo fuese a aparecer en la Tierra, ¿no preferirías

hablar por mí, ayudarme a guiarme mientras aprendía a mi manera?

Apreté los dientes otra vez y odié que su razonamiento no estuviera infundado.

—Sí.

Soltó su agarre de mis muñecas y me ayudó a levantarme delante de él, lo suficientemente cerca para estar situada entre sus piernas abiertas. Mi trasero estaba caliente y ardía por las nalgadas. Su talla era tan grande que sus ojos no estaban nivelados con mis pechos. Eso no significaba que no me sintiera menos expuesta y vulnerable, especialmente ahora que había señalado el error en mi comportamiento.

—Necesito revisar tu implante.

Sus palabras me sacaron de mis pensamientos. Me sorprendió que pudiera cambiar a otro tema tan fácilmente. ¿Me había impuesto mi castigo y era hora de seguir adelante?

—Supongo que tu neuroprocesador funciona correctamente, ya que pareces entender todo lo que se te dice.

Fruncí el ceño. —¿Qué? —¿De qué estaba hablando? ¿Cuál neuroprocesador?

—No tengas miedo, pequeña. —Yo era de estatura promedio y al menos dos tallas más grandes de lo recomendado por los médicos en la Tierra. No era *pequeña*, pero de pie frente a mi nueva pareja, me sentía casi diminuta y muy, muy femenina.

Tark llevó sus manos hacia mi cabeza y pasó sus dedos por los lados de mi cara hasta la parte superior de cada sien, justo encima de mis ojos. Debió haber encontrado lo que estaba buscando, porque cuando aplicó una pequeña cantidad de presión, pude sentir dos golpes extraños presionando el hueso de mi cráneo. No era doloroso, pero definitivamente extraño.

—¿Qué es eso? —En el momento en que Tark retiró sus manos, subí mis propios dedos temblorosos hacia los mismos lugares y sentí los pequeños bultos debajo de mi piel.

—Son unidades de neuroprocesamiento avanzado o UNA. A todas las razas avanzadas que son miembros del Programa de Novias Interestelares se les implantan al nacer. La UNA aumenta la capacidad de tu cerebro para procesar y aprender el lenguaje y las matemáticas, además de mejorar la memoria. En este momento estamos hablando en la lengua común de mi planeta, la cual fue descargada en tu UNA antes de que llegaras.

Mierda. ¿Acaso era un androide o algo ahora?

—¿Tengo tecnología alienígena implantada en mi cabeza? ¿Hay pequeños cables corriendo por las neuronas de mi cerebro? ¿Cómo logró el sistema de la UNA integrarse y comunicarse con el tejido orgánico? —Mi mente entrenada médicamente tenía cientos de preguntas, pero ninguna respuesta.

Los ojos de Tark se abrieron y su labio se arqueó. —Veo que eres muy curiosa.

En lugar de responder mis preguntas, le echó un vistazo a la mesa en el medio de la habitación. —Acuéstate otra vez, Evelyn Day. —Su voz seguía profunda, pero le faltaba el mordaz filo que tenía cuando me estaba azotando.

No podía evitar a mi pareja ni lo que planeaba hacerme. Podría intentarlo, pero decidí no hacerlo porque mi trasero estaba muy adolorido y aún sufría las consecuencias de mis acciones previas. Aunque el médico me había hecho enfurecer, Tark me hizo sentir algo completamente diferente. No estaba feliz de que me hubiera azotado, para nada, pero su argumento sí estaba claro y yo me *había* equivocado. Me gustó que, después de darme mi castigo, siguió como si nada. Yo también sentí que debía dejarlo atrás. Tenía que aprender de ello, por supuesto, porque no quería volver a pasar por eso. Llevé mi mano hacia atrás y froté con gentileza mi piel caliente.

¡Qué extraño! Había algo acerca de él, su poder, su cualidad de protector —me había protegido del médico— y su dominancia eran muy atractivos. Viendo lo bien que se definía su gran cuerpo con su ropa oscura, quise complacerlo. Además de eso, me moría de ganas de pasar mis manos por sus brazos para sentir sus bíceps, sobre sus anchos hombros, por su pecho. Sin duda, sus abdominales debían estar duros y bien definidos. Y más abajo...

Fui hasta la mesa y Tark me siguió. Con sus manos en mis caderas, él me subió a la superficie de metal y siseé ante el frío contacto con mi trasero sobrecalentado.

—Recuéstate —me dijo Tark.

Lamiéndome los labios, me recosté sobre la mesa mientras observaba sus ojos recorriendo mi cuerpo. A diferencia del médico, Tark me observaba con excitación, definitivamente, pero también como con un poco de veneración. Podía sentir intensamente el acalorado recorrido de su mirada, como si sus dedos estuvieran trazando las curvas de mi piel.

—Como había dicho, se te debe examinar para asegurar que estás bien. Tengo planes para ti, *gara*.

No podía hacer otra cosa que lamer mis labios secos con el sonido áspero de su voz.

—Te tocaré ahora.

Me quedé sin aliento cuando su mano abarcó mi seno y aunque el contacto fue suave, pude sentir callos ásperos en su palma.

Observó cómo mi pezón se tensaba, luego frotó el firme pico con su pulgar de un lado para el otro, moviendo el anillo de oro.

—¿Por qué... por qué los anillos? —pregunté con voz suave. Me estremecí ante la idea de que un extraño, quien también era mi pareja, me tocara.

—Adornamos a nuestras mujeres y pensamos que los anillos son hermosos y excitantes. —Miraba mi seno mientras me respondía—. A todas nuestras parejas se les colocaron anillos en sus pezones. Es un signo de reclamo y respeto.

—No duelen. —dije.

Entonces, él sonrió. —Espero que no. Mi tacto debería traerte placer, *gara*, nada más.

No, no dolían en absoluto. Por el contrario, los tirones suaves del metal se sentían increíbles. Mis pezones siempre habían sido sensibles, pero ahora más. Arqueé mi espalda para sentir su palma más completamente.

—Fuiste procesada de acuerdo con nuestras

costumbres sociales. Los anillos normalmente tardan semanas en sanar y no tenía la intención de esperar tanto tiempo para tocarte... aquí. —Él sacudió el anillo y me hizo jadear—. Una ventaja de la transferencia... para los dos.

—¿Y la cadena?

Tark levantó la cadena y noté que una pequeña cresta había sido estampada en varios pequeños discos dorados que estaban entretejidos en el brillante hilo. —Este símbolo es mi marca de nacimiento y la marca de mi dinastía. Significa que eres mía. Hasta que yo te reclame y te marque de forma permanente, también es tu protección.

—¿Protección? —No entendía cómo los anillos en mis pezones iban a protegerme de algo, pero la forma en la que continuó jugando con ellos hizo que realmente no me importara.

—Nadie se atreverá a tocar lo que le pertenece al consejero superior. —Sonaba como un hombre de las cavernas posesivo—. Basta de preguntas. Coloca tus manos sobre tu cabeza y permíteme examinar a mi pareja.

Me congelé y mis manos se cerraron frente a mí. —Tark, yo no...

—Esto... —Él movió su mano un poco más abajo y tiró suavemente de la cadena, enviando un ardiente chisporroteo de placer desde mis dos pezones directamente a mi clítoris—. También es una herramienta que usaré para asegurarme de que aprendas a obedecer, *gara*. Es solo una de las muchas formas en que tu cuerpo aprenderá a someterse al mío, y evitará que pelees.

Él soltó la cadena y esta cayó sobre mi piel una vez más, el otrora frío metal ahora caliente con su contacto. Tark envolvió gentilmente cada una de mis muñecas con sus grandes y fuertes manos y lentamente me maniobró hasta que mis manos estuvieron sobre mi cabeza en la mesa de examinación, como él había solicitado.

—O puedo voltearte sobre tu estómago y azotarte una vez más. Es tu decisión.

Estuve a punto de torcer los ojos, pero me di cuenta de que él definitivamente consideraría eso una impertinencia.

—No es como si tuviera mucha elección —refunfuñé.

Él me ofreció una pequeña sonrisa. —Estás aprendiendo rápido, *gara*. Tienes que saber que nunca te lastimaré. Pero tampoco permitiré que te lastimes. Bron —escupió el nombre del hombre— es nuevo en mi servicio y después de cómo se comportó, convocaré a un nuevo oficial médico inmediatamente después de nuestro regreso al palacio. No dejaría que tratara a mi *frim* y mucho menos a mi pareja.

Entonces él no había estado del lado del médico anteriormente. Si hubiera permanecido callada antes, Tark habría despedido al hombre y yo habría estado en este mismo lugar, pero sin dolor en el trasero.

La oscura mirada de Tark cambió de mis senos endurecidos a mi rostro. —Voy a tocarte ahora y debes decirme si sientes algún dolor o incomodidad causado por tu transferencia.

Sus manos acariciaron mis brazos desnudos hasta mis pechos, a través de las curvas de mi caja torácica hasta mis caderas. Se me puso la piel de gallina. Él estaba aprendiendo sobre mi cuerpo como si yo fuera un espécimen fascinante, algo que nunca había visto antes, y no necesariamente de una manera sexual. Pero su suave tacto calmó mi miedo, y al no tener miedo para esconderme, no pude evitar enfocarme en otras cosas.

El calor de sus manos. Mi corazón acelerado. Su contacto era como fuego sobre mi piel y él era *muy* minucioso. A pesar de mi conflicto mental en contra de permitir que un extraño me tocara tan íntimamente, y a pesar de todo el estrés de las últimas semanas, mi cuerpo sabía qué hacer y qué quería. Respondió con un deseo tan rápido que me sorprendió. Su mano subió por mis piernas y se metió entre mis muslos.

Jadeé ante el ligero contacto; mi cuerpo se arqueó sobre la mesa como si él me hubiera aplicado una descarga eléctrica. Junté mis rodillas con fuerza, fijando su mano en su lugar. Él soltó mis muñecas y trazó la suave curva de mi abdomen hasta que encontró la cadena y tiró de ella suavemente. Eso me hizo gritar y cerrar los ojos. Verlo encima de mí, tan dominante, tan intenso, me hizo considerar cosas que nunca, nunca hubiera pensado hacer. Como permitir que un completo extraño juegue con mi coño. No, no permitir, querer. Quería que mi pareja me tocara.

¿Qué diablos me estaba sucediendo? ¿Acaso la transferencia me había hecho perder la cabeza? ¿Me había puesto cachonda? ¿Había algún tipo de estimulante neuroprocesador sexual que aumentaba mi libido? Pero pensándolo bien, podría ser simplemente la testosterona que brotaba de sus poros.

—Abre las piernas, *gara*. Ahora. No tengas miedo.

—Yo no... No... —No temía que me hiciera daño. Todo lo contrario. Temía de mí misma, tenía miedo de darle todo lo que él quisiera. No lo conocía en absoluto, pero sus delicadas manos y firmes órdenes amenazaban con romper todas mis barreras, romper todas mis reglas sobre los hombres. Y acababa de conocerlo.

Lo sentí acercarse más, y entonces su boca se cerró sobre mi pezón; el giro de su lengua tirando del pequeño anillo me hizo gemir de placer. —Ábrete para mí, pareja. Déjame ver lo que es mío.

Su tacto. Su beso. Su calor.

Mi pareja. Mía. Él me pertenecía tanto como yo le pertenecía a él. Al menos, por ahora.

Dejé que mis rodillas cayeran de par en par y abrí los ojos mientras él se alejaba de mi seno y se acercaba a mi centro.

Alzándome sobre mis codos, miré hacia mi cuerpo y mis ojos se abrieron como platos una vez más. —No tengo vello. —Pensé que... allí abajo se sentía diferente, pero los anillos de los pezones, la cadena y las nalgadas me habían distraído demasiado para darme cuenta de que mi coño había quedado al descubierto.

—Esto es sensible para ti, ¿cierto? —Hizo la pregunta y luego se inclinó para soplar una suave bocanada de aire sobre los labios de mi coño. Puede que no hubiera tocado a ninguna mujer de la Tierra anteriormente, pero ciertamente sabía lo que estaba haciendo. Sopló nuevamente y me hizo estremecer. Me miraba fijamente ahora, su rostro estaba tan cerca que seguramente podía sentir mi propio olor y me pregunté...

—¿Me veo... como las mujeres de tu planeta?

—Mmm.

Pensé que ignoraría mi pregunta, pero aparentemente, había decidido investigarlo. Tark levantó algo de un lado de la mesa y, momentos más tarde, un objeto frío y duro se insertó lentamente en mi centro. Empujé con las piernas y los brazos en un intento de escapar.

—Detente. ¿Qué me estás haciendo?

—No te muevas.

Negué con la cabeza, sobresaltada y sorprendida por el objeto. Él agarró mis muñecas una vez más y las aseguró fácilmente a las esposas de la parte superior de la mesa. Inclinando la cabeza hacia atrás, miré lo que me restringía. No sirvió de nada que intentara tirar de las esposas. No cedían. Era como en el sueño en el centro de procesamiento, atada y con un hombre tocándome. Podía sentir que mi coño se mojaba con el recuerdo. Luché contra ellos y eso solo me hizo mojarme más; mi excitación se deslizaba alrededor del consolador que me llenaba. Estaba atada con un hombre que se cernía sobre mí, quien con su enorme tamaño era capaz de hacerme daño, pero todo lo que quería hacer era darme placer; extraño, desconocido y aterrador placer. Mi trasero seguía adolorido por la zurra anterior y no podía hacer nada más que someterme.

La gran palma de la mano de Tark se posó en mi abdomen mientras comenzaba a sentir una extraña sensación de zumbido en mi centro, seguida de un calor que se extendía desde mi coño hasta mi culo, dentro de mi útero, por mis labios mayores y más arriba, hasta mi clítoris, golpeándolo como con una pequeña descarga eléctrica. Nunca había visto, o sentido, un vibrador como este.

—¡Ah! —Mis caderas se sacudían ante la sensación abrumadora y la mirada oscura de Tark parecía estar hipnotizada mientras observaba mis reacciones.

El extraño dispositivo en mi coño sonó tres veces y luego se volvió a descargar sobre mi clítoris. No podía pensar en otra palabra para describirlo. No dolía, era absolutamente todo lo contrario. Se sentía increíble y ese era el problema. —Cede, pareja. Sométete al examen tal como estás aprendiendo a someterte a mí.

3

—Esto no es un examen. Esto es... —Una oleada eléctrica fuerte pulsó a través de las paredes de mi coño hasta mi culo, y luché para mantener el control de mi cuerpo, pero otra descarga sobre mi clítoris me llevó a la locura. Las paredes de mi coño y la parte inferior de mi abdomen latían y se contraían con tanta fuerza que sentía que me estaba desmoronando—. Por Dios.

Mi cuerpo se sacudía contra la mesa, estaba fuera de mi control. Traté de luchar contra las ataduras de mis muñecas. Temblando y agotada, giré mi cabeza para alejar mi rostro de mi nueva pareja. Intentaba recuperar el aliento mientras luchaba por contener las lágrimas. El dispositivo dentro de mí disminuyó su potencia hasta ser solo un zumbido pequeño, casi imperceptible. Pero después de la abrumadora sorpresa del orgasmo forzado, esa pequeña vibración era fácil de ignorar.

Tark dejó de presionar mis muslos y mi abdomen para

meterse entre mis piernas y sacar el objeto foráneo de mi coño. Yo quería correr y esconderme, pero estaba atada. ¿Cómo pude haber respondido así a una pequeña y estúpida herramienta médica? ¿Qué me había hecho él?

Le dio un vistazo a una pantalla conectada a la roma herramienta plateada y asintió con la cabeza. —Excelente, Evelyn Day. La sonda médica indica que eres fértil, que estás libre de enfermedades y que tanto tu sistema reproductivo como el nervioso funcionan a niveles óptimos.

—Suéltame. —Traté de cerrar las piernas, pero él las mantuvo abiertas por las rodillas.

Mirándome con sus ojos oscuros, dijo: —Ahora eres mía y no te soltaré. No cuando tu cuerpo está tan ansioso por conocerme.

—¿Ansioso? —le cuestioné—. Tú forzaste ese placer en mí. ¡Mírame! Estoy atada a la mesa y mi trasero, mi trasero está adolorido. —Una lágrima se deslizó por mi mejilla.

Quitándola con un dedo, respondió: —Las pruebas debían hacerse. No tiene nada de malo disfrutar de un pequeño sabor de placer mientras te sometes a ellas. Mientras te sometes a mí.

Un dedo fuerte y contundente trazó mis pliegues y me avergonzó sentir cuán fácilmente se deslizaba con mi humedad. —¿Ves? Te moja. Estar atada y abierta para mí es lo que te gusta.

—¿Cómo podrías saberlo? —le respondí.

—Porque eres mi pareja. No cuestiones ni luches contra lo que es una pareja perfecta. —Encontró mi clítoris y mis caderas se inclinaron hacia él, estaban a su merced y ansiosas por su curioso contacto. Claramente, mi cuerpo y mi mente no estaban sincronizados.

—Tú, de hecho, te pareces mucho a nuestras hembras. Deberías disfrutar de mi dedo aquí... y aquí.

Negué con la cabeza. —N-no debería —le respondí.

Ahora usaba tres dedos, su pulgar estaba sobre mi clítoris mientras deslizaba dos más profundamente adentro.

—Tienes permitido correrte con mi tacto, incluso si no nos conocemos. Nuestros cuerpos, nuestras mentes y nuestras almas están conectadas. Ríndete, *gara*.

Mis brazos comenzaron a temblar y me relajé sobre la mesa. Él me follaba con sus dedos, con los que encontró ese punto sensible dentro. Si bien la sonda había provocado un placer intenso, sus dedos provocaron algo completamente distinto. Eran mucho más expertos y una parte de él. Todavía excitada por mi *examen*, gemí y moví mis caderas contra su mano, ansiosa por más, incapaz de negarle a mi cuerpo la desesperada necesidad de correrme sobre su mano.

—Sí, eres muy similar. Ah, mi pareja, puedo asumir por tu reacción que he encontrado el lugar secreto dentro de ti que te conducirá al placer. ¿Ves? He dejado tus manos en las ataduras porque sé que te gusta. Eso incrementa tu placer.

Era cierto, lo había encontrado, al igual que todos los demás lugares secretos que me calentaban. Si seguía haciendo eso por más tiempo, me haría correrme otra vez. Ahora jadeaba y estaba mojada y mortificada de haber reaccionado tan fuertemente a él. Un completo extraño. Esto no me podía estar pasando a mí. Tenía que haber alguna explicación racional. —¿Drogan a las mujeres cuando las transfieren?

—No. —Su mirada cambió instantáneamente, de generosa e indulgente a fría y ofendida—. No drogamos a nuestras mujeres por placer. Como lo puedes sentir, no es necesario. ¿Eso es lo que los cobardes de la Tierra les hacen a sus parejas?

—Algunos lo hacen. —Lo había insultado y no había tenido la intención de hacerlo. Pero en serio, en nombre de todo lo que era sagrado, ¿qué me estaba sucediendo? —Lo siento, yo solo...

—Ningún hombre de mérito necesita drogas para seducir a su pareja. —Lenta y deliberadamente retiró su mano de mi coño y me sentí abandonada. Necesitada. Débil. Extendiendo los brazos, soltó una de mis muñecas y luego la otra de las ataduras. Mientras las lágrimas se acumulan nuevamente en mis ojos, supe que, sin lugar a dudas, estaba perdiendo la maldita razón. Quizás los últimos días finalmente me estaban pasando factura. El asesinato que había presenciado. El plan de enviarme a otro planeta para permanecer escondida y segura. La nueva identidad y el procesamiento. El terror de ser enviada a un mundo nuevo, a un hombre que no conocía.

—Lo siento, Tark. No quise ofenderte.

—Estás cansada y en un mundo nuevo. —Pude ver cómo ahora se llevaba sus dedos brillantes a la boca, para luego sonreír.

Dios mío, me estaba degustando. Fue una imagen muy

erótica y tuve que apretar mis muslos para aliviar las ansias.

—Dulce. Como la fruta *rova*.

No pude responder, ¿qué le podía decir a un hombre que acababa de lamer mis jugos vaginales de sus dedos?

—Mientras dormías, los escaneos estándar de Bron no detectaron ningún otro problema médico. Como respondiste a este último examen con solo placer, sin dolor, asumiré que la transferencia fue demasiado para que tu frágil cuerpo femenino la soportara sin descansar.

Solo podía asentir. Debería sentir remordimiento, miedo o vergüenza por dejar que Tark me tocara tan íntimamente. Todavía estaba desnuda, expuesta, vulnerable y definitivamente bajo su control. Sentía todas esas cosas, pero mi mente y mi cuerpo estaban en guerra ya que su contacto hizo que mi cuerpo se sintiera seguro, deseable y muy excitado.

No sabía que Goran había regresado hasta que habló. —El médico está en el último convoy hacia el Puesto Avanzado Diecisiete.

Tark no dejó de mirarme. —Bien. ¿Está todo listo?

—Sí, señor.

Tark dejó a un lado la sonda plateada, se levantó en todo su esplendor, se inclinó y me levantó, poniéndome de pie delante de él. Ahora podía ver cómo era el instrumento. Definitivamente era un consolador de otro mundo. Si los vendieran en la Tierra, Tark ganaría una fortuna.

Goran le entregó a Tark una manta y este me envolvió con ella como si fuera una capa.

—Desde este momento en adelante, tu cuerpo me pertenece. Ningún otro hombre verá lo que es mío sin permiso. ¿Lo entiendes?

¿Sin permiso? ¿Eso significaba que lo permitiría? Estaba confundida, pero antes de que pudiera preguntar, me levantó con sus brazos y me sacó de la tienda, siguiendo a Goran. El aire era cálido y seco, pero estaba oscuro afuera. La única iluminación venía de pequeñas estacas solares que brillaban en intervalos precisos a lo largo del suelo. Solo podía ver las siluetas de numerosas tiendas. Tark y Goran se movían como fantasmas, no hacían ruido al caminar. No había muchas personas alrededor; tal vez era muy tarde en la noche. Un ruido de animal, algo así como un burro rebuznando, interrumpió la tranquilidad. Los pasos de los hombres eran demasiado silenciosos para su tamaño.

Miré hacia abajo y me di cuenta de que Tark me cargaba a través de un vasto mar de arena, tal como la había visto a lo largo de los bordes dentro de la tienda médica. Me habían transportado a una especie de campamento en el desierto. Él había dicho el nombre... Avanzado algo. No podía recordarlo.

Goran sostuvo la entrada de otra tienda, todas me parecían iguales en la oscuridad, y Tark se agachó para llevarme adentro y ponerme de pie en el suelo. Unas alfombras suaves habían sido colocadas en un mosaico que cubría completamente la arena que yo sabía que estaba debajo de ellas. Una cama de suaves mantas y pieles estaba de un lado de la tienda y una pequeña mesa llena de cuencos de fruta azul y púrpura de aspecto extraño estaba del otro lado.

—Esta es mi tienda para nuestra estadía en el Puesto Avanzado Nueve. Como descubrí, la transferencia no te lastimó y eres fácil de excitar.

Tark me llevó hacia una mesa extraña que estaba en medio de la habitación, no sin antes bajarme, y me quitó la manta de los hombros. Mis senos se mecían con mi movimiento mientras que la cadena rozaba mi estómago y tironeaba mis pezones. Estaban sensibles por el movimiento y el peso.

Me sonrojé al escuchar sus palabras y le eché un vistazo a Goran. Su rostro era inexpresivo. ¿Qué tenía eso que ver con estar en su tienda?

—Te follaré ahora —añadió Tark, hablando como si hubiese dicho que me iba a llevar a la tienda de abarrotes. No estábamos en la Tierra y Tark ciertamente no era un hombre delicado.

Mis ojos se abrieron como platos. Tiré de su mano mientras comenzaba a entrar en pánico. —¿Qué? ¿Por qué? Nosotros... ¡espera! Yo no quiero esto.

Él no me soltó, pero con su mano libre comenzó a acariciar mi espalda desnuda de arriba hacia abajo. ¿Cómo podía tener unas manos tan cálidas?

—Como tu pareja, *gara*, conozco tus deseos verdaderos. También sé y entiendo cómo protegerte aquí, en mi mundo. Recuerda, no siempre te daré lo que quieres, pero siempre te daré lo que necesitas.

Esa respuesta no me gustó ni un poco. ¿Cómo podía conocer mis deseos verdaderos? Nos acabábamos de conocer. Mi coño, sin embargo, se seguía contrayendo con las continuas repercusiones de aquel dispositivo médico. Estúpido aparato con forma de consolador.

—Yo no *necesito* que me follen —le respondí, aunque no necesitaba mirar mis pezones para saber que se habían endurecido con sus palabras. Después de jugar con mi coño con sus dedos, eso solo me dejó más ansiosa y excitada que nunca. Insatisfecha.

Me sonrió y eso lo hizo ver tan diferente, tan atractivo que me dejó sin aliento.

—¿Estás segura de eso? Me dejaste los dedos empapados tan solo unos minutos atrás. Gritaste de placer con el examen neuroestimulador. Lamí tus jugos de mis dedos. ¿Vas a negar eso ahora?

Intenté escaparme, pero él era demasiado fuerte. Acarició mis pliegues con sus dedos nuevamente y luego me levantó para que ambos pudiéramos ver la humedad brillante.

Sentí mis mejillas en llamas.

—Tu cuerpo está en desacuerdo con tu mente. Obedéceme o serás castigada nuevamente.

Tragué saliva ante el formidable tono en su voz, que me hizo recordar el ardor en mi trasero. —¿Nuevamente? Pero no he hecho nada malo.

Tark suspiró. —Estás pensando demasiado. A veces, un castigo es exactamente lo que *necesitas*. Me acercó más a la pequeña mesa, aunque mis pies se ralentizaron y retrasaban su progreso.

—Obedece —repitió, mirándome desde arriba—. Inclínate sobre la mesa.

Miré la extraña mesa, ciertamente no era del tipo en la cual uno comería.

—¿Por qué? —pregunté, con el ceño fruncido.

Él volvió a suspirar, pero mantuvo la calma. —¿Acaso todas las mujeres de la Tierra son tan tercas y curiosas o solo tú?

Me colocó sobre la mesa con una mano en mi espalda superior. Su mano era delicada pero su intención estaba muy clara. *Él obtendría lo que quería y, muy dentro de mí, yo quería que lo hiciera.*

La mesa era más estrecha de lo que había pensado, solo podía cubrir mi estómago, y siseé al sentir la fría superficie contra mi piel. Mis senos colgaban y la cadena guindaba de ellos. Sentí que la mesa se elevó automáticamente hasta que solo los dedos de mis pies estuvieron sobre la alfombra. Tark se agachó y fijó mi tobillo derecho a una de las patas de la mesa con una tira de cuero suave, y luego hizo lo mismo con el otro. Intenté sacarlos con una patada, pero fue en vano. Las ataduras estaban bien aseguradas.

—Puedes intentar sacarte las ataduras, pero no lograrás nada —murmuró Tark, nuevamente de pie para empujar mi tronco superior hacia la mesa. Su voz era severa. Inclinada en la forma que estaba, moví mi cabeza hacia arriba para verlo, pero mi largo cabello se interpuso. Sus ojos eran tan oscuros, tan intensos. Su mandíbula cuadrada estaba tensa—. Se debe completar el proceso de reclamación para que ningún otro intente tocarte. —Tark recorrió mi espalda desnuda con su mano, prestando delicada atención a cada curva y detalle—. Se te follará. Lo único que puedes decidir es si antes volveré a azotarte.

Recorrió mi trasero con su mano e hice una mueca de dolor. No me dolía muchísimo, pero definitivamente era un recordatorio de que él haría lo que se proponía.

Mi mente entonces se enfocó en otra cosa que él había dicho. ¿Otros? ¿Intentando tocarme? ¿Intentarían reclamarme también? ¿Acaso algún hijo de puta, como Bron, intentaría follarme? No me gustaba cómo sonaba eso.

Tark tomó mis manos y las colocó sobre unas pequeñas manijas, y luego ató mis muñecas a las otras patas de la mesa. Una vez que estuve asegurada a su gusto, se levantó. Sabía que mi trasero enrojecido y mi coño estaban a la vista de todos, la humedad entre mis piernas me causaba un poco de frío gracias al aire que recorría mi piel desnuda. Nunca me había sentido tan vulnerable ni tan excitada.

Nunca me habían amarrado durante el sexo, ciertamente no así. La sensación de las ataduras que sujetaban mis muñecas y tobillos era ajustada, pero también extrañamente liberadora. Mi mente luchaba contra todo lo que Tark hacía. Desde que llegué, mis pensamientos me llenaban constantemente de culpa o remordimiento por cada vez que mi cuerpo respondía a él. Pero ahora, estas correas me habían liberado. Al igual que con las ataduras en las manos cuando me había *examinado* con esa especie de consolador, solo podía rendirme para darle todo el control a Tark. Él iba a hacer lo que él quisiera, lo que él había dicho que yo necesitaba, y no podía hacer nada más que someterme, incluso ahora. No tenía que tomar ninguna decisión ni sentir culpa por haber tomado alguna. Nadie me juzgaría ni me llamaría «puta» si todo lo que quería era que me tomaran con fuerza y rápido. Y aquí, ahora, inclinada y a punto de ser follada por el hombre más grande que jamás había visto, podía admitir, por primera vez en mi vida, que ser tomada de esa manera era exactamente lo que yo quería.

Tark era mi pareja. Emparejada conmigo. Solo conmigo. Me había dejado sin opciones y, al hacerlo, me liberó de alguna extraña manera.

—Tark, yo...

—Me llamarás «amo».

—¿Amo? —Fruncí el ceño estando de cabeza—. ¿Hablas en serio? Porque...

Una fuerte nalgada en mi trasero me hizo tragarme el resto de mis palabras. Fue más fuerte que los otros azotes que me había dado antes y me hizo gritar.

—¡Qué arisca eres, *gara*! Una buena follada es todo lo que necesitas. —Se inclinó hacia delante y sacudió la cadena fijada a mis pezones para moverla. Jadeé ante la deliciosa sensación—. ¿Aceptas mi reclamo, *gara*? ¿Aceptas mi protección y devoción?

Dejé que mi cabeza colgara. Dios mío. Estaba bien y verdaderamente atrapada... un último tirón a mis ataduras me confirmó eso. Tark me había excitado, atado y dicho abierta y claramente que me iba a follar. ¿Qué hombre que yo hubiera conocido había sido tan directo y mandón? ¿Y por qué mi cuerpo disfrutaba tanto eso? Quería a Tark. Solo a Tark. No quería a nadie más en este loco mundo.

Su tacto y su atención me habían calentado tanto que apenas podía pensar. Él había hecho un buen trabajo al excitarme, hacerme correr y mantenerme tan cachonda que mi cerebro se había convertido en papilla porque, de otra manera, hubiese luchado y exigido que me liberara. Pero ahora, estaba esperando que su polla me llenara.

El juicio sería en solo unos meses. Luego volvería a casa y regresaría a mi vida normal. Regresaría a mi vida normal, solitaria y aburrida. Regresaría a hombres que yo sabía no coincidirían conmigo, ninguno sería perfectamente afín a mi perfil psicológico. En este momento tenía a un hombre ardiente y viril preparado para hacerme suya, preparado para darme algo que ni siquiera sabía que quería.

Yo yacía ahí, con mi trasero al aire, ardiente y deseando más, y entonces admití lo más evidente: el centro de procesamiento en la Tierra me había emparejado con este hombre y ningún argumento del mundo me convencería de no permitirme este placer. Solo había una cosa que pudiera decir. —Sí.

—Para los registros oficiales, Evelyn Day, ¿estás o has estado alguna vez casada, unida o emparejada con otro hombre?

—No. —Su pregunta ralentizó mis pensamientos.

—¿Tienes descendencia biológica?

—¿Qué? Ya me preguntaron...

Otro fuerte golpe y mi trasero ardía. —Responderás la pregunta.

—¡Ta... quiero decir, amo! —chillé, intentando acomodar mis caderas—. No. No tengo hijos.

—Bien. Sin importar nuestro emparejamiento, nunca reclamaría a una mujer que perteneciera a otro hombre ni la alejaría de sus hijos. —La caliente palma de Tark acarició mi culo, donde la piel debía estar de un color rosa brillante gracias a su mano firme—. Goran, ¿estás listo para presenciar el reclamo?

—Sí. La grabación oficial ha sido activada.

Me congelé bajo la cálida mano de Tark. ¿Grabación? ¿Y por qué seguía Goran allí? ¿Acaso había alguien más detrás de mí que yo no pudiera ver? El pensamiento me hizo entrar en pánico. Podían ver absolutamente todo de mí y yo no podía hacer nada. Podían ver que me habían azotado antes. Tark no me asustaba, pero yo no quería ser compartida, no quería ser una prisionera que sirviera, no solo a mi pareja, sino también a otros hombres.

—Tark, no quiero que nadie más esté aquí.

Me nalgueó otra vez, haciendo que mis muslos se tensaran. —Llámame amo.

—Por favor, amo —susurré—. Castígame si quieres, pero... no seré una puta. Preferiría ir a la prisión en la Tierra.

Desde mi posición podía ver las piernas de los hombres, pero nada más. Tark se colocó a mi lado, se arrodilló y me quitó mi largo cabello de la cara. —No conozco la palabra «puta», pero entiendo su significado. No, *gara*, tú eres mía. Solo mía. Nadie, repito, *nadie* más te follará, ni siquiera te tocará si no soy yo.

Su tacto era distintivamente delicado sobre mi piel. —Pero Goran...

—Debe presenciar y grabarnos para los monitores del

sistema del programa de novias. Eso es todo. Ellos utilizan las reacciones neurológicas grabadas para asesorar a otras parejas y novias para su ubicación. Ese es protocolo estándar.

Yo fruncí el ceño, pero él no dijo más nada y se puso de pie.

Mientras mi mente intentaba adaptarse a esta nueva información, Tark se puso detrás de mí y se colocó en un lugar donde podía ver las piernas de ambos hombres. Pude oír el sonido de un cinturón, el sonido de unos pantalones abriéndose justo antes de que sus dedos continuaran indagando en mi centro. Ver las botas de Goran a tan solo dos pasos detrás de él me enfureció. Esto nunca me hubiese sucedido en la Tierra. Nunca.

—¿Protocolo estándar que debe ser presenciado? ¡Que me inclinen y me follen así! —grité. Luché contra mis correas, pero estas no cedían. Me azotarían otra vez por este arrebato ya que, definitivamente, era impertinencia, pero no me importaba. —¿Es estándar que me perforen los pezones sin mi permiso? ¿Y qué pasa si no me gusta la cadena? ¿Qué pasa si no quiero que me adornen?

Justo como lo había pensado, me nalgueó otra vez. El caliente ardor, esta vez, no se contuvo, me hizo gritar.

Su voz y su posición removieron un recuerdo en mi cabeza, justo fuera de alcance. Pero cuando comenzó una vibración de la mesa directamente debajo de mi clítoris, lo recordé. Había soñado esto, que me tomaran de esta forma. ¿Por qué? ¿Cómo pude haber visto esto cuando estaba en la Tierra? ¿Qué me había hecho el centro de procesamiento? En mi sueño, me había gustado que dos hombres hablaran de mí, que me tocaran, que me follaran. Pero eso había sido un sueño.

Un sueño no. *La experiencia grabada de otra mujer.*

Entonces, ¿el sueño en el centro de procesamiento no había sido un sueño en realidad? ¿Había estado reviviendo el estímulo y las respuestas corporales de alguna mujer anónima de la Tierra siendo reclamada por su pareja?

¿Acaso otro guerrero reviviría esto a través de los ojos de Tark y decidiría que realmente quería una chica de la Tierra?

Mierda.

Aun así, el centro de procesamiento era una cosa. Ahora estaba despierta y esto *no* era para nada igual.

Lo olvidé todo cuando sentí sus dedos entrando y saliendo de mi coño. —Ya, *gara*, ese estimulador que está contra tu clítoris debería relajarte. Recuerda, yo te daré exactamente lo que necesitas.

—¿Y qué es lo que necesito ahora además de bajarme de esta estúpida mesa?

Él se rio, pero no dejó de tocarme. —Necesitas correrte. Estás empapada.

Negué con la cabeza. —No quiero hacer esto con Goran observando. Ustedes son unos pervertidos —juré, apretando los dientes por el delicado, aunque deliberado, movimiento.

Tark rio. —Ya que hemos sido emparejados, Evelyn Day, tú debes ser una pervertida también.

¿Yo? ¿Así? ¿Quería esto? Él estaba equivocado. —Hijo de puta —masculló.

—¿Dejará que ella le siga hablando de esa manera? —

preguntó Goran, con tono de sorpresa en su voz. ¿Por qué nadie discutía con él?

—Puedes ver, por el color de su hermoso trasero, que ya ha sido azotada por su impertinencia con Bron. Ha estado despierta en Trion por no más de veinte minutos. Estoy disfrutando su espíritu y también disfruto de ver las huellas de mis manos en su culo. Responde así por el miedo a lo desconocido. Aun cuando está excitada, su mente lucha contra esto. Es una mujer honorable al no querer follar con cualquier hombre para saciar sus deseos.

Solamente por eso lo permitiré. Además, disfrutaré de la deliciosa sensación de sus caderas, de la suavidad de su piel. —Me acarició el cuerpo con una mano, rozando el costado de mi seno antes de tomarme por la cintura—. Mi polla está dura para ella y disfrutaré de follarme a mi pareja inmensamente. Evelyn Day, *gara*, vas a disfrutarlo. Follar nunca es un castigo, sino una recompensa. Es mi trabajo encargarme de tus necesidades. Tú me perteneces.

Acarició mis labios menores con sus dedos, para luego hacer círculos en mi clítoris. ¿Me estaba recompensando?

Aspiré con fuerza ante el intenso placer que su leve movimiento me provocaba. —Entonces... ¿por qué me atas? Si estás tan confiado de tu habilidad, entonces déjame levantarme.

Su mano aterrizó sobre mi trasero otra vez y luego una vez más.

—Quizás tu impertinencia es porque te *gusta* que te nalgueen. Mmm, tu excitación sí que se desborda de tu coño cuando lo hago. Es algo en lo que pensaré.

—¿Qué? —chillé, pero no me moví. ¿Él pensaba que

me *gustaba* ser castigada? ¿Que estaba discutiendo con él porque quería que continuara?

—Soy un extraño para ti, pero soy tu pareja. Es difícil. Yo lo entiendo. —Su mano acariciaba la caliente piel donde me había azotado. La dicotomía entre sus azotes feroces seguidos de una delicada caricia era extraña. Él no era un hombre cruel. Esto ya lo sabía. —Las ataduras y tu posición son símbolos de nuestro estilo de vida, del regalo que tú representas para mí. Esta reclamación inicial es un ritual que ha existido aquí por cientos de años. Esta es la forma en la que debo tomarte y marcarte como mía con mi semilla. También se asegura de que seamos compatibles; sin embargo, no necesito follarte para saber que fuiste hecha para mí. Tu coño está ansioso y mis ganas de ti son casi dolorosas.

Se inclinó sobre mí y su miembro duro entró en contacto conmigo de una forma muy íntima. Su fuerte pecho acobijaba mi espalda y sentí cómo mi cuerpo se rendía ante su poder, su dominancia, al mismo tiempo que me susurraba al oído. —Estás atada para que tu cuerpo sepa que yo soy el que está a cargo. Puedes dejar de temer, Evelyn Day. Estás indefensa ante mis órdenes.

Abrió mis pliegues y dibujó círculos en mi entrada mientras hablaba. Gemí. No lo podía evitar. Había algo en la forma que me tocaba, como si fuera una descarga eléctrica, sin importar cuánto luchara. Me hacía sentir cosquilleos en mi coño, que mi piel se acalorara y que mi sangre hirviera. Un dedo entró en mí. Solo podía imaginar cómo se sentiría su inmensa polla estirándome. Quería ver cómo brillaban sus dedos con mi excitación en ellos, ver cómo me tomó por las caderas y la imagen que creábamos teniendo su inmenso cuerpo sobre mí, con sus caderas preparadas para una follada muy profunda.

Y Goran observándolo todo, observando la polla de Tark desapareciendo dentro de mí. Las miradas de ambos hombres sobre mí. *Allí*.

—Puedes poner resistencia si lo deseas, pero te *haré* correrte. —Tark se levantó y tuve que morder mi labio para detener un suspiro de decepción que viajaba por mi garganta ante la pérdida de contacto.

Quería seguir luchando, quería que no me gustara lo que estaba haciendo, tenía que ser una zorra para que un extraño me excitara tan desvergonzadamente. Para que me excitara que me observaran. Estar inclinada y atada. Las ansias en mi coño eran imposibles de racionalizar. El leve zumbido del vibrador sobre mi clítoris demostraba que él quería que yo sintiera placer. O Tark era extraordinariamente habilidoso o, a pesar de que lo había negado, me habían dado algún tipo de agente para excitarme y así ser más susceptible a sus avances.

Al sentir un segundo dedo entrando en mí, eso dejó de importarme. Quedarme quieta no era fácil. Quería mover mis caderas, moverme con sus manos, llevar sus dedos más profundamente. Sin embargo, no podía moverme, no podía hacer nada más que recibir lo que fuera que él me diera.

Yo no conocía a este hombre, tenía poco tiempo de haber despertado, pero *quería* otro orgasmo. Pero esta vez provocado por Tark, no por una rara sonda alienígena.

—¿Te han follado antes?

Pareja asignada

Cuando su dedo acarició cierto punto dentro de mí, no pude pensar, no pude responder. Solo pude gemir. Cuando sacó su dedo, dejándome vacía e insatisfecha, me quejé. —*No pares.*

—Entonces contesta mi pregunta.

Me acomodé con los dedos de mis pies. —¿Cuál... cuál era la pregunta?

—¿Te han follado antes? —repitió. Su voz era profunda y áspera.

—Sí.

Sus dedos entraron en mí otra vez. Gemí.

Pude escuchar el crujido de la ropa, lo vi acercarse más a mí antes de sacar sus dedos y sentir el empuje de su polla en mi entrada. —Quizás no sea tu primer hombre, Evelyn Day, pero seré el último.

Su polla era grande y, a medida que se introducía, podía sentir cómo me estiraba sobre él. Él no se ablandó, no me dio tiempo para acomodarme, simplemente me llenó toda.

Gemí al sentir que mi cuerpo era invadido. Apropiado. Con una mano me tomó de la cadera y con la otra del hombro para empezar a moverse. Dentro. Fuera. Fuerte. Rápido. Se movió y me hizo morder mi labio, al recibir lo que me daba.

—Te correrás, *gara*.

Sacudí mi cabeza y mi cabello cayó sobre mi cara. Con cada fuerte estocada, me imaginaba a mi madre con los brazos cruzados, arqueando las cejas en desaprobación. Esto estaba *tan mal.* —Yo solamente... no puedo.

Él se inclinó sobre mí, presionándose contra mi

espalda y me llenó con una estocada rápida y fuerte. Sentir su cuerpo presionado contra mi trasero adolorido solo se sumó a las sensaciones que recorrían mi cuerpo. —Lo ordeno.

Nunca me habían tomado de esta manera. Mi última pareja había sido atenta, pero no demasiado. Me había dejado insatisfecha y poco interesada en el sexo. ¿Pero Tark? No tenía idea de cómo podía penetrarme de tal manera que acariciaba lugares dentro de mí que ni siquiera sabía que existían. Mis dedos se resbalaban de las manijas. Apreté los dientes al sentir la cadena entre mis pechos moverse con cada estocada.

Sacudí mi cabeza, frustrada. Mis ojos se llenaron de lágrimas. Estaba tan ansiosa, incluso desesperada, por correrme. Tark lo hacía *tan* bien. Tan fuerte. Era tan grande. —No… no puedo. Nunca me corro mientras… no sé cómo… —chillé.

Las lágrimas corrieron por mis sienes hacia mi cabello.

Aun dentro de mí, él se quedó quieto, inclinando su cabeza para poder susurrar directamente en mi oído. —¿Nunca te has corrido con la polla de un hombre dentro de ti? —Pude sentir su cálido aliento en mi cuello.

Negué con la cabeza. —No puedo… menos si sé que alguien está observando.

Pude sentir más que oír el gruñido proveniente de lo profundo de su pecho. —*Gara*, es mi trabajo complacerte. Obviamente puedes liberarte, ya que te corriste de manera hermosa con la sonda médica.

—Sí, yo puedo correrme con mi vibrador, pero no con un hombre —admití.

Tark aún seguía profundamente dentro de mí. —Creo que sé lo que es un vibrador, es similar a la sonda médica para escaneos, ¿correcto? ¿Como el estimulador presionado contra tu clítoris?

Asentí con la cabeza, lo que hizo que mi cabello fuera de aquí para allá.

—Entonces tendré que descubrir cómo hacerlo. En cuanto a Goran, puedes ignorarlo. Estamos solo tú y yo. Shh —canturreó—. Muy bien, *gara*, es hora de descubrir qué es lo que te da placer.

Al decir eso, sentí que la vibración en mi clítoris aumentó. La sección de la mesa que estaba directamente debajo de mi clítoris comenzó a estimularme con afán. También podía recordar esto de mi sueño. Aspiré profundamente por la boca ante el intenso placer que la estimulación añadida me provocaba. Esta unión no se trataba solo del placer de Tark, sino también del mío.

—Te gusta más esta velocidad de vibración. Estás apretando mi polla con tu coño —rugió—. Esa es una buena señal, ¿cierto?

—¡Sí! —grité.

Un contundente dedo hacía círculos donde estábamos unidos mientras que Tark comenzaba a moverse otra vez. La combinación de su polla entrando y saliendo de mí y las vibraciones sobre mi clítoris me hacían sacudir mis caderas. Quería quedarme justo donde estaba, empalada por la gran verga de mi nueva pareja.

—¿Qué tal esto? —Tark presionó un dedo contra mi entrada trasera y eso me hizo tensarme, apretándole y evitando que introdujera su dedo. Al mismo tiempo, pequeñas pulsaciones de placer y calor intensos recorrieron mi cuerpo ante este contacto oscuro.

—Relájate, *gara*. Déjame entrar. Te correrás cuando lo hagas. Lo prometo.

Respiré profundamente y luego exhalé, relajándome. Cerré mis ojos mientras hacía círculos con su dedo en mi virgen agujero, para luego empujarlo lentamente, todo esto mientras seguía moviendo sus caderas y follándome.

Las vibraciones aumentaron, incrementando la estimulación en mi clítoris. Gemí al sentir entrar el dedo de Tark en mi culo. Gritaba mientras mi cuerpo entero se tensaba, sentía que cada terminación nerviosa se despertaba y pulsaba de placer. De alguna forma, la erótica combinación de la polla de Tark, la estimulación en mi clítoris y la punta de su dedo moviéndose lentamente dentro de mi culo me hizo explotar. Me sentía como perdida en una oleada que me empujaba y me arrojaba completamente fuera de control. La intensidad del placer era muchísimo más de lo que podía soportar. El tener una polla llenándome por completo le añadió algo más a la maravilla orgásmica que recorría por mis venas. Apretaba y me contraía, tanto sobre su polla como su dedo en mi trasero, queriendo introducirlo más en mí.

Sentí la mano de Tark tomarme de la cadera al mismo tiempo que aumentaba su velocidad hasta que me dio una última estocada fuerte y se mantuvo muy profundamente dentro de mí. Su polla se volvió más gruesa, estirándome aún más, justo antes de que gimiera y me llenara a pulso con su caliente semilla.

Nuestras respiraciones descontroladas llenaban la

habitación y él siguió dentro de mí mientras yo me recuperaba. Si bien había sido similar al sueño del centro de procesamiento, no había acabado igual. No *era* igual. Estaba dejando mi antigua vida atrás y forjando mi propio camino, en mi nuevo planeta y con mi pareja.

—Somos compatibles —dijo Tark mientras lo sacaba lentamente para luego volver a colocarse sus pantalones.

Siseé, al igual que él, y sentí su caliente semilla desbordándose. Él vino y, después de liberarme de mis ataduras, tomó mi mano para ayudarme a levantarme. Me apoyé sobre la mesa mientras retomaba mi balance. Mi piel estaba enrojecida y mi corazón aún estaba acelerado. Me sentía demasiado exhausta después de no solo uno, sino dos orgasmos, en el poco tiempo que llevaba en Trion para cubrirme ahora.

Le eché un vistazo a Tark. Su piel también tenía cierto rubor y sus ojos se veían más gentiles y menos intensos. Él observó mi cuerpo desnudo, sus ojos se entrecerraron y su mandíbula se tensó al ver que su semilla corría por mis muslos.

—Dale las buenas noticias al consejo —le comentó Tark a Goran por encima del hombro.

Extendiendo su brazo, tomó la cadena que guindaba de mis pechos y le dio un tirón suave. Fue suficiente para acercarme a él y para sentir el calor pulsar entre mis muslos.

Sus ojos yacían sobre mis pezones recién halados mientras hablaba con Goran. —Pero primero, cúbrela y llévala al harén.

—¿Qué? —chillé— ¿Me vas a dejar desnuda con... *él*? —Miré a Goran con temor.

—Él te mantendrá a salvo —respondió Tark—. Debo asistir a la reunión del consejo y tú irás al harén.

Mis ojos se abrieron como platos ante su frialdad, y luego se entrecerraron. ¿Un harén? ¿Cuántas parejas tenía este bastardo ya? ¿Qué número era yo? ¿Dos? ¿Cuatro? ¿Veinte? —Me has follado y ya has acabado conmigo. No soy una novia, soy un juguete sexual. —Le eché un vistazo al otro hombre—. Me sorprende que no hayas dejado que Goran me tomara, después de todo.

Él aún tenía la cadena colgada de mis pezones en sus manos y, envolviéndola en su dedo, me obligó a acercarme mucho más si no quería que halara mis pezones con fuerza. Llevé mi cuello hacia atrás para encontrarme con sus ojos. Me había sobrepasado con mis comentarios, pero tenía miedo. Si él era mi pareja, ¿no se suponía que tenía que protegerme y mantenerme segura? ¿Cómo iba a hacer eso si yo era una de las diez mujeres en su vida?

Tenía menos de una hora en el planeta y ya él me estaba despachando. Deseaba poder contactar al programa de novias y rechazarlo de una vez, pero tenía que esperar hasta el final del ciclo de treinta días o hasta que me llamaran para testificar. ¿Y luego? Me aseguraría de que supieran que estar en un harén no me hacía feliz.

Él frunció el ceño. —No conozco el término *juguete sexual*, pero creo que no me gusta. Y tampoco me gusta que dudes de mi honor.

Tragué ante la profundidad de su voz, pude escuchar

un toque de enojo. En cambio, yo quería ver satisfacción en su rostro. Quería regresar unos segundos atrás, cuando estaba repleta y contemplando un futuro como la única y bien follada pareja de Tark.

—Yo no miento. Te dije que no comparto a mi pareja. Mi semilla está corriendo por tus muslos. Mi cadena se puede ver prominentemente.

¿*Su* cadena? ¿Era la cadena su versión de un anillo de matrimonio en mi dedo? ¿Realmente esa cadena le anunciaba al mundo que había sido reclamada? ¿Mostraba su protección? ¿Qué se suponía que hiciera? ¿Caminar sin camisa?

—Las *estimuesferas*, Goran. —Extendió su mano mientras Goran se alejaba.

Señaló mi cuerpo. —Mi semilla y mi cadena asegurarán que todos sepan que me perteneces, sin importar dónde estés en esta ciudad de tiendas. Tu trasero, estoy seguro, está adolorido por haber entrado en él con mi dedo por primera vez. Tu clítoris... —Metió su mano y recorrió mi entrepierna con su dedo— ...está duro y ansioso por otro clímax. Un clímax que solo yo puedo darte, ya que no se usarán más sondas médicas o, como tú las llamas, vibradores. Tu culo está rojo brillante por mi castigo. Al parecer piensas que eso no es suficiente recordatorio de que eres mía.

Quería alejarme de su contacto sorpresa, pero no podía hacerlo sin causarle un daño severo a mis pezones.

Tark torció más la cadena dorada, unida a mis pezones, con su dedo. Levantó su otra mano de mi clítoris para tomar algo de la mano estirada de Goran. —Déjanos solos por un momento.

Su orden a Goran me hizo dejar de respirar. ¿Qué iba a hacerme?

Tark me mostró dos bolas doradas, dos esferas perfectamente redondas unidas por una pequeña cadena, y otra cadena mucho más larga con un disco dorado marcado en su extremo final.

—Claramente las nalgadas no fueron suficientes para que aprendieras a contener tu irrespeto y tu lengua filosa. Vas a cargar estas estimuesferas hasta que regrese por ti. La cadena debe estar visible en todo momento, *gara*, para que todo el que te vea sepa que estoy en descontento contigo.

Mi corazón revoloteó más rápido que las alas de un colibrí y todo lo que pude hacer fue mirar fijamente. ¿Cargar un par de bolas doradas? ¿*Ese* era el castigo?

Con su mirada aún sobre la mía y su agarre de la cadena torcida que me mantenía en el mismo lugar, bajó su mano hacia mi coño mojado e insertó la primera y luego la segunda esfera dorada profundamente dentro de mí. Cuando las soltó, las esferas se resbalaron de mis músculos internos y cayeron sobre su palma. Mantuvo su mano allí, sin moverla, mientras observaba mi rostro sorprendido. —Las mantendrás dentro de tu coño, *gara*, hasta que regrese por ti. O te azotaré nuevamente. Esta vez no me contendré y no serás capaz de sentarte por una semana.

Mierda, estaba hablando en serio. Y toda la situación hizo que mi coño se contrajera. Su semilla se salió de mí, pero no las bolas. Y así de rápido, sentía ansias de él otra vez.

Tark sonrió por mi humedad y su semilla que cubrían su mano, bajó su cabeza para besarme en el cuello y metió las esferas otra vez en mi coño mientras que dibujaba líneas calientes en mi clavícula con su lengua. Alejó su cabeza y removió ambas manos de mi cuerpo al mismo tiempo.

Cuando me soltó, la cadena más larga bailó entre mis piernas. El peso hizo de la cadena más pesada, pero con cada movimiento me enviaba un pequeño choque eléctrico a mi clítoris.

Jadeé mientras apretaba los objetos metálicos algo pesados.

—*Gara*, las esferas te mantendrán excitada, pero la neuroprogramación no te dejará correrte. Hacerte correr es mi trabajo, solo mío. —Recorrió la curvatura de mi mejilla delicadamente con sus dedos y me miró directamente a los ojos—. Si te las quitas lo sabré. Las estimuesferas están vinculadas a mi sistema de monitoreo. —Señaló un aparato que tenía atado a su antebrazo.

—Una vez que Goran suba la información de tu reclamo, todos en la coalición interestelar sabrán que has aceptado el reclamo del consejero superior y que me perteneces. Con eso —señaló el disco dorado giratorio que colgaba entre mis muslos— quizás lo *recuerdes* y controles tu lengua.

Me levantó por un breve momento para asegurarse de que el disco estuviera moviéndose. Siseé con la sensación de estimulación dentro de mi coño y apreté con más fuerza. Sentía una mezcla de incomodidad y deseo que me hacía estremecer con cada movimiento como péndulo de la cadena dorada mientras lo veía irse de la tienda. Había sido severamente castigada, desnudada, follada y rápidamente volvía a estar completamente excitada.

4

La imagen pixelada enviada con la información de perfil de Evelyn Day era una horrible representación de la imponente belleza a la que acababa de follar. En la imagen, la molesta iluminación le había dado un resplandor púrpura a su piel; su cabello, un verdadero rojo fuego, se había matizado y se veía oscuro. Los suaves mechones eran cualquier cosa menos eso. Se rizaban salvajemente, eran suaves y brillantes y del color de la luna de sangre. En la imagen, sus ojos se veían más grandes por lo que yo asumí que era miedo y su boca había sido reducida a una línea recta. La mujer vibrante y arisca que había llegado a la remota estación de transporte no se parecía en nada a su imagen de perfil oficial y eso me complacía en gran manera.

Cuando se despertó, sus ojos se encontraron con los míos primero. *Los míos.* Bron había sido un *fark*, ansioso por poner sus manos sobre ella bajo un pretexto médico. Incluso se le había puesto la polla dura por mi pareja. Su trabajo conmigo había terminado y no se acercaría a Evelyn Day. El *fark* poco ético tendría suerte de conseguir un puesto en un arrastrero de transferencia con rumbo al espacio profundo.

No podía creer que Evelyn Day había sido seleccionada de entre billones de parejas potenciales para ser verdadera y completamente mía. Apenas había podido aguantarme durante la examinación; *fark*, ese proceso solo había empeorado mis necesidades, para ver mi semilla cubrir sus cremosos muslos blancos. Quizás mi ansiedad era similar a la de un joven demasiado libidinoso, pero había esperado mucho tiempo por ella.

Pero ahora, temía que mi larga espera no solo me hubiese puesto ansioso, sino también que me hubiese hecho demasiado amable. Mi pareja era una criminal condenada por asesinato. Goran incluso había cuestionado mis acciones cuando presenció cómo había estado con ella. Mi pareja era una asesina. Pero al mirarla a los ojos, al ver cada pulsación de su sangre, al notar cada respiración y al saborear la deliciosa respuesta de su cuerpo a mis manos, no podía mantener ese simple hecho en mi cabeza.

Evelyn Day. Veintiocho. Condenada por asesinato.

El Programa de Novias Interestelares me había enviado su nombre, su edad, esas tres palabras y una imagen pixelada. Nada más.

¿A quién había matado y por qué? Yo era guerrero y sabía el costo de tomar una vida. Lo había hecho en muchas ocasiones. Algunos hombres merecían morir, pero otros simplemente estaban siguiendo órdenes o luchando para el lado equivocado. Algunos luchaban para defender sus hogares o a sus parejas. Otros se deleitaban con el sabor de la vida y la muerte en sus lenguas.

Evelyn Day no tenía los ojos de una mujer que disfrutara matar. Ella era cálida y suave. Entregarse a mí hizo que su coño se calentara lo suficiente como para quemarme la polla. ¡Qué agonía más dulce!

Asesina o no, no había forma de que pudiese hacerme daño. Casi me reí en voz alta ante esa idea. No conocía a los hombres de la Tierra, pero ella era muy pequeña para ser un peligro para mí; su cabeza apenas llegaba a mi hombro. Ella había sido arisca e irrespetuosa, pero no podía culparla de sus acciones. Acababa de ser desterrada de su planeta y era ahora la pareja de un extraño. Eso no significaba que su comportamiento iba a pasar desapercibido. Necesitaba ser azotada para aprender de una vez que su comportamiento insolente no sería tolerado. Después de haberla arrojado sobre mis muslos y darle las zurras que se merecía, aunque más suaves que las que le daría una vez que se instalara, ella sabía quién estaba a cargo y a quién debía someterse.

Ver los pálidos orbes de su culo cambiar de blanco cremoso a rojo fuego me había puesto la polla dura como una piedra. Observar su suave piel temblar con cada golpe, ver cómo se formaba la huella de mi mano... *fark*. No solo yo lo había disfrutado. Ella, desde luego podía discutirlo, pero eso la había excitado. Las pruebas habían emparejado su sumisión con mi necesidad de control. Sería solo cuestión de tiempo para que ella lo reconociera y se rindiera.

Hasta entonces... disfrutaría verla luchar para luego finalmente entregarse a mí. Con una sonrisa de satisfacción, revisé mis monitores y coloqué las estimuesferas que había dejado en su coño en la configuración más baja por dos horas. Tenía planeado terminar con mi reunión en la mitad de ese tiempo y quería que su coño estuviera hinchado y ansioso por más. No podía esperar hasta llevarla a casa con seguridad, donde la acostaría y la probaría, me tomaría mi tiempo y exploraría cada rincón de su cremosa piel. No tenía ni una semana en el Puesto Avanzado Nueve, pero estaba listo para regresar al palacio. Ahora más que nunca.

No le había dado oportunidad de transición a Evelyn Day, ninguna oportunidad de aclimatarse ni al Puesto Avanzado Nueve ni a mí, ya que no había habido tiempo. Mi polla no era la única dictando mis acciones, las costumbres de Trion también lo hacían. Había tenido que follarla de inmediato. De no haberlo hecho, otro podía haberla reclamado. Su belleza no pasaría desapercibida aquí. Las mujeres eran preciadas, raras y altamente valoradas. Muchos lucharían por reclamarla y era posible que ella saliera lastimada o reclamada por un macho completamente indigno. Cuando se trataba de Evelyn Day, *yo* era el único hombre digno del universo. Gruñí con egoísmo ante el pensamiento.

Ella usaba mi adorno; la cadena les añadía belleza a sus grandes pechos y la señalaba como mía. Con mi semilla marcando su coño y muslos, no quedaba duda. Su seguridad era mi mayor prioridad. Su llegada me había impactado, el tiempo había estado todo mal, pero no iba a quejarme. Que el emparejamiento ocurriera mientras estaba en la reunión con el consejo superior en el Puesto Avanzado Nueve, no en el palacio, podía ser inconveniente para ambos, pero podía adaptarme. Mantenerla a salvo aquí sería difícil, pero se haría.

No podía arrepentirme de que la primera follada a Evelyn Day ocurriera sobre un soporte ceremonial en una tienda transitoria, y no en las cámaras de mi palacio, donde no hubiese tenido que dejar mi cama. En lugar de aprender todas sus delicias y comenzar a entrenarla a mi manera, tuve que enviarla al harén para garantizar que estuviera bien protegida. Y esa cautela estaba bien fundada.

Una vez que los demás hombres la vieran, ellos querrían tenerla también. Su cabello rojo brillante era un color muy inusual, se veía muy poco en Trion. Su cuerpo era exuberante y tenía las curvas más deliciosas. Tanta pasión en alguien tan pequeña, tan suave, tan exquisitamente redonda y curvilínea. Presioné el botón de la unidad de baño con mayor fuerza de la necesaria al pensar en sus grandes senos balanceándose con cada movimiento de su cuerpo.

La puerta de la unidad se abrió y entré, dejando que el agua me rociara y se arremolinara a mi alrededor. Con mis ojos cerrados, pensé en su curvilíneo vientre, el cuerpo suavemente redondeado donde pronto crecería mi hijo. Amplias caderas, con un excelente agarre para follarla.

El agua se cerró y el ciclo de secado comenzó.

Me complació saber que ya ella había sido traspasada,

ya que yo no quería preocuparme por causarle dolor. Pero me había encantado, y sorprendido, descubrir que las paredes de su coño no habían pulsado sobre la gruesa polla de otro hombre, que ningún otro la hubiese llevado a ese placer. Con los que ella había estado en la Tierra no eran hombres verdaderos si no podían hacer que una mujer con la belleza de Evelyn Day se corriera por toda su polla. Mi mayor meta sería llevarla al placer lo más frecuentemente posible.

No sabía si agradecerles a los dioses o a la ciencia por el emparejamiento perfecto. De cualquier forma, no tenía dudas de que Evelyn Day fue hecha para mí. Sin embargo, ella tenía tiempo para decidirse. Por lo tanto, tenía que acatar un balance delicado entre darle placer para que se quedara y adiestrar su comportamiento salvaje y posiblemente peligroso. Pensar que ella escogiera a otro, que dejara que otro hombre la tocara, la follara, la protegiera y la adorara, hacía que se me retorcieran las entrañas.

Me vestí rápidamente, luego entré a la tienda para la reunión con el consejo general. Deseché la rabia y la frustración por todas las posibles implicaciones políticas de mi pareja nueva y saboreé la persistente sensación de satisfacción que su cuerpo me había causado. Muchos en el consejo no ocultaban el hecho de querer asumir mi papel y quitarme el manto de poder de mis hombros. La idea de que uno de ellos intentara usar a Evelyn Day como peón en un golpe me hizo empuñar mis manos en apretados puños.

Quizás mi humor, enojado y gruñón, era mejor para

esta reunión del consejo general que el de un amante satisfecho. Por ahora, sabía que mi pareja estaba en el harén y que ella, junto a las demás mujeres, estarían bien. Solamente podría respirar con tranquilidad una vez que regresáramos al palacio y que ella estuviera protegida no solo por las gruesas paredes, sino también por la contingencia total de mis leales guardias. Ni siquiera podía permitirle dormir conmigo, por miedo a ser atacado en la noche por aquellos que deseaban ocupar mi lugar.

—Ella está segura —dijo Goran al acercarse, sus pasos eran silenciados por la arena. Volteé hacia mi segundo al mando y asentí. A sabiendas de que Evelyn Day se encontraba bajo el cuidado de guardias bien entrenados, ahora podía enfocarme en el negocio en cuestión. Abrí la entrada de la tienda, me agaché y entré. El consejo general se levantó en deferencia a mi cargo como el consejero superior entre ellos.

—Pueden sentarse —dije, acercándome al estrado de pie y sentándome sobre una almohada, ellos luego me siguieron.

—Hemos escuchado que su pareja ha llegado. —El consejero Roark me sonrió y yo asentí con la cabeza. Él era joven y aún no tenía pareja. Como consejero del continente sureño, él era mi aliado más cercano entre el grupo, pero también el hombre más viril. Evelyn Day lo tentaría enormemente.

—Sí, y ya fue reclamada. —Hice un ademán hacia Goran, quien dio un paso adelante desde su lugar junto al perímetro del círculo de reunión.

—La pareja del consejero superior Tark ha llegado. Aprobó sus exámenes médicos y fue reclamada según nuestros protocolos. Toda la información ya ha sido enviada al Programa de Novias Interestelares para su procesamiento. —Él informó los hechos en una voz que no permitía discusiones ni desacuerdos y me sentí agradecido. Goran era leal. Un buen hombre en la espera de la llegada de su propia pareja. Él lucharía a mi lado e, incluso, moriría conmigo para proteger a Evelyn Day.

—Muy bien. Gracias, general Goran. —El consejero Roark asintió seriamente y me di cuenta de que había actuado en mi beneficio, garantizando que el estatus de mi pareja estuviera claro para los presentes. Incliné mi cabeza en señal de reconocimiento y agradecimiento.

—Una criminal. ¿Una asesina? ¿Y este es el tipo de hembra que espera que obedezcamos? ¿Que la respetemos por encima de las demás? —El consejero Bertok era un viejo amargado que ya había perdido dos parejas. Tenía noventa años por lo mínimo, y su mirada azul pálida siempre era fría e impasible—. Nos podría matar mientras dormimos. Una mujer fuerte de las tierras salvajes sería mejor pareja que una convicta de otro planeta.

—He aceptado a mi pareja. La he reclamado. No se discutirá más. —Quería apalear al viejo hasta hacerlo papilla con mis propios puños, quería sentir su sangre caliente salpicar sobre mi piel—. Nadie amenaza a mi pareja y vive para contarlo. —Fulminé con la mirada a cada hombre alrededor del círculo para asegurarme de que entendieran la seriedad de mis palabras.

—Entendido, consejero superior. Quizás, una paliza

Pareja asignada

pública. Debe mostrar su fuerza para que su pareja sepa quién está al mando. —Ignoré al consejero a mi izquierda y a su sugerencia afanosa. Nadie vería el dolor de Evelyn, solo yo, e incluso así, tenía que estar ligado a su placer.

Ojeé al hombre con cautela. No lo había dicho irrespetuosamente y no estaba amenazando a Evelyn Day directamente; en algunos lugares del planeta, una paliza pública era la forma en la que un hombre demostraba su dominancia sobre su mujer. La idea era barbárica y era algo que yo estaba intentando prohibir.

—¿Cuándo tendrá lugar la reclamación pública? —Dijo otra voz, que esta vez venía del lado opuesto del círculo.

Los comentarios y las opiniones continuaron... y subieron de tono. Alcanzaron un volumen e intensidad que habían sido suficientes para mí. Levanté mi mano y se hizo el silencio. Como regente, para mí era importante escuchar las opiniones y pensamientos de los consejeros. No quería que mis gobernados sintieran que no tenían voz ni voto. Antes del día de hoy, sus voces se habían usado para hablar de negocios planetarios. Aunque yo era el consejero superior, mi vida personal y mi pareja no eran temas de discusión.

—Como dicta la costumbre, y como ha dicho mi segundo al mando, ella ya ha sido follada por primera vez. -Incliné mi cabeza hacia Goran quien estaba sentado alejado de los demás y este asintió, confirmándolo una vez más—. El acto ha sido presenciado, grabado y reportado. —Mi mano se volvió un puño y deseaba tener una espada que sostener. Ninguno de estos hombres vería el placer personal de mi pareja. No lo compartiría. Jamás.

—Todos debemos estar presentes —habló el consejero Bertok nuevamente. Él venía de una región más lejana, de las tierras salvajes que había mencionado, y yo sabía que sus costumbres con sus parejas eran más fuerza bruta que gentil persuasión. Si bien sabía que la primera follada debía ser presenciada, no significaba que disfrutaba la idea de proporcionarles, a *farks* como él, de entretenimiento sensual a costas de mi pareja. Mi vida como líder estaba bajo un escrutinio constante, pero existía un aspecto que permanecería privado. Una vez de regreso al palacio, mis acciones con mi pareja serían solo nuestras. Ni siquiera Goran estaría presente. La entrenaría para mis expectativas personales, no las del consejo entero.

No respondí al comentario, pero dije: —La he reclamado. Fue marcada con mi semilla y lleva mi cadena. No se discutirá más. —Le hice señas con mis manos a Goran para que se me uniera—. Si revisan lo pautado para esta sesión, podemos comenzar con las ganancias económicas logradas en el sector cuatro.

Volví mi atención al motivo de la reunión. El seguir hablando de mi pareja solo extendería mi tiempo alejado de ella. Su vida en la Tierra, o lo que hubiera hecho para ser desterrada, no era mi problema. Ella estaba aquí *conmigo* ahora y no la dejaría ir.

———

—Mira la cadena balanceándose entre sus piernas. No lo ha complacido. —La chillona voz de la mujer me tenía dando vueltas, haciendo que la cadena me golpeara el muslo. Siseé un suspiro y sostuve la cadena para evitar que siguiera estimulando las paredes de mi coño. Eso no funcionó. Solo llevaba las esferas en mi coño por pocos minutos y ya estaba lista para llorarle y rogarle a Tark para que aliviara mi placer constante. Era un zumbido sutil, suficiente para recordarme constantemente de su control sobre mí, y de mis orgasmos, pero no suficiente para darme esa dulce liberación.

Vibraban y pulsaban de manera similar a la sonda médica, aunque de una forma más sutil. Al tener que mantenerlas dentro de mí, tenía que apretar mis paredes internas, que solo aumentaban la deliciosa tortura.

Varias mujeres estaban de pie frente a mí. Todas usaban un atuendo sencillo idéntico, que lucía como un vestido enagua fino. Podía ver el contorno de los anillos en sus pezones a través del fino material, pero no podía ver que ninguna tuviera una cadena entrelazada, como yo.

La mujer que habló era hermosa, excepto por la mueca de desdén en sus labios. Su oscuro cabello caía largo sobre su espalda. Era alta y esbelta con pequeños pechos y una cintura delgada. Ella era todo lo que yo no.

La piel de mi trasero estaba adolorida y me preguntaba si ellas podían ver las marcas que las manos de Tark me habían dejado a través de las delgadas enaguas que Goran me había dado. Mi complexión era lo suficientemente pálida como para no dejarme ocultar un simple sonrojo. Un trasero enrojecido sería obvio. Sus miradas escudriñadoras eran intensas, me miraban como si hubiese venido de otro planeta, lo que era cierto.

—Soy Kiri —dijo una de las mujeres al dar un paso adelante. Era más baja que la chica fastidiosa y si bien podía ver curiosidad en su expresión, no era maliciosa. Señalando con su cabeza, añadió: —Las demás son Lin, Vana, Ria y Mara.

No sabía quién era quién, por lo que asentí para todas.

—Estábamos trabajando en nuestra artesanía cuando llegaste. Únetenos, por favor.

El lugar era similar al de Tark, con una alfombra que cubría el suelo. Había luces similares que le daban un suave resplandor amarillo a la habitación. El aire era cálido y el olor a almendras llenaba el ambiente. Reconocí el aroma de mi sueño en el centro de procesamiento.

Ella se volteó al igual que las demás y se acomodaron en una mesa donde parecían estar tallando pequeños pedazos de madera. Había varias sillas cómodas, una mesa de café baja, vaya, ¿tenían café aquí?, y una mesa alta junto a una pared que estaba cargada con platos de comida y jarras de líquidos de diferentes colores. Si bien yo asociaba un harén con un tipo de prisión, aquí había guardias afuera y las comodidades eran similares a las de la tienda de Tark.

Las chicas continuaron con su tarea, todas excepto la que era hermosa y delgada. Ella me observaba como si hubiese salido de la basura.

—Él te rechazará —me ladró.

—Mara, déjala tranquila —dijo Kiri.

Mara torció los ojos ante las palabras de la mujer, pero

solo yo podía ver el disgusto y la envidia en su rostro. —Escuché que solo envían convictas de la Tierra. ¿Cuál fue tu crimen?

Mara no quería ser mi amiga, eso era obvio. Quizás un poco de miedo la haría reaccionar de otra manera, por lo que le dije la verdad. —Asesinato.

Las demás mujeres dejaron de trabajar y una suspiró de dolor. —Ah, me corté el dedo.

Se sostenía la mano herida con la otra mientras que las demás mujeres la rodeaban para asistirla.

—Yo puedo ayudar. —Intenté rodear a Mara, mi entrenamiento médico me instó a moverme antes de siquiera considerarlo.

Mara me empujó por el hombro. —¿Ayudar? ¿Matándola también?

Tomé una pausa y vi cómo colocaban un pequeño dispositivo sobre la herida. Emitió un resplandor azul y, en los siguientes momentos, la herida dejó de sangrar y se curó frente a mis ojos.

Si bien era médica en la Tierra, al parecer los avances médicos en Trion eran mucho más superiores. Mi mente científica estaba fascinada. —Eso es increíble. ¿Te curaste completamente?

La mujer limpió la sangre de sus manos con un paño húmedo que le ofreció una de las otras y luego alzó el dedo completamente curado. Sonrió y asintió. Había tanto por aprender y estaba ansiosa de examinar la herramienta curativa.

Mara me tomó por el brazo y me llevó, no muy gentilmente, al otro lado de la tienda para que las demás no escucharan sus palabras venenosas. —Él nos ha follado a todas, ¿sabes?

Cuando fruncí el ceño, sonrió y continuó.

—¿No lo sabías? Mmm. Tark se folla a todas las mujeres. No eres nada especial para él. Él nos puede llamar a cualquiera de nosotras para complacerlo, en cualquier momento que lo desee. Es su decisión.

Me miró con desprecio, evaluando mi cuerpo regordete con desdén.

—Entonces ¿para qué me enviaron hasta acá y me emparejaron con él? —pregunté, levantando mi barbilla. No permitiría que viera que sus palabras me habían afectado. La idea de que Tark estuviera con Mara, o con cualquier otra mujer... no, *con todas las demás mujeres*, hacía que mis tripas se retorcieran.

—Porque necesita un heredero. Mírate. Sobrealimentada, caderas amplias, pechos colgantes. Fuiste hecha para procrear. Pero yo —se echó el cabello para atrás— fui hecha para el deseo.

La entrada de la tienda se abrió y uno de los guardias metió su cabeza para ver dentro. —Mara, ven rápido. Él te quiere ahora.

Mi boca quedó colgando de la sorpresa y sus ojos brillaron triunfantes. Ella sacó el pecho y se pellizcó los pezones a través de sus enaguas hasta que estuvieron duros, con los anillos claramente definidos. —¿Ves? —cantó mientras miraba hacia atrás para luego irse, cerrando la entrada de la tienda con un azote detrás de ella. Me quedé allí de pie, mirando por donde se había ido, sintiéndome hueca y vacía, con dos esferas en mi coño y

Pareja asignada

sosteniendo la cadena unida con mi mano, como un perro sosteniendo su propia correa. Incluso las vibraciones que emitían no me provocaban nada ya.

Solo había estado en otro planeta por quizás una o dos horas, pero me había follado y me había sentido deseada por mi pareja. Mara había dicho que Tark solo estaba interesado en mí para procrear, ¿para qué querría a una mujer curvilínea sino para eso?, y la había llamado a ella para saciar su incansable lujuria tan solo minutos después de ver su semilla caer por mis muslos. Solo era una más en el harén. No era deseada, era la chica regordeta que podía tener bebés.

Entonces, aquí estaba, destinada a ser solo una máquina de procreación, ¿tratada por siempre como criminal? ¿Como una asesina? Yo no era gran cosa en la Tierra, pero incluso allá era más que eso. ¿Una inocente doctora médica sin vida amorosa? Sí. Pero yo curaba a las personas, no las mataba.

Aquí en este planeta arenoso no era más que una fábrica de bebés. Una máquina biológica. Pero yo, ¿la mujer? ¿la novia? ¿la sanadora? *Yo* no valía nada.

—¿Dónde duermo? —le pregunté a Kiri. Podía escuchar el abatimiento en mi voz. Ella levantó la cabeza y me regaló una sonrisa empática.

—Por aquí. —Me señaló una abertura de la tienda que no había notado antes. Agachándome para pasar por ella, noté que era una tienda secundaria, las dos estaban conectadas.

Dentro había montones de suaves mantas tejidas y pieles sobre plataformas alzadas, similares a camas. Había otra mesa junto a la pared con cestas de panes y frutas y con una botella llena de un líquido claro que asumí era agua. Con una mirada a la comida, mi estómago se revolvió.

Encontré un pequeño espacio donde las mantas estaban dobladas y parecían estar sin reclamar. Me subí, me arropé con las cálidas cobijas, coloqué la nueva correa de modo que pudiera dejar de estimular mi centro y me rodé hacia un lado para enfrentar la suave pared.

Me acomodé cuidadosamente, temerosa de engancharme con la otra cadena y halar mis pezones, pero una vez que estuve acomodada, estuve consciente de otras partes de mi cuerpo. Mi entrepierna seguía mojada; la semilla de Tark aún salía de mí. Estaba adolorida por dentro, y es que, aunque no había visto su polla, sabía que era grande. Demasiado grande para mi cuerpo apenas usado, el que ahora cargaba bolas de metal que él había llamado *estimuesferas*. Después estaba mi culo. También me dolía allí. Nunca habían puesto nada dentro, ni siquiera la punta de un dedo. Mi trasero ardía por su castigo, era un calor radiante que con suerte desaparecería pronto. Mi cuerpo aún estaba manso y dócil por los orgasmos que Tark me había sacado. El hecho de que respondí con tanta facilidad solo empeoró mi miseria.

¿Cómo podría un hombre complacerme con locura y decepcionarme tan profundamente? Había llamado a Mara después de haberme enviado al harén. ¡Un harén! Dios, solo era una entre muchas para ese hombre. Me había dicho que yo era su pareja, que yo le pertenecía, pero él no me pertenecía a mí. ¿Cuál era la costumbre de aquí? ¿Cómo podía un perfil o valoración psicológica identificarme como el tipo de mujer que estaría feliz de ser una más de las muchas mujeres en la cama de un solo hombre? Tenía que haber algún tipo de error.

No que importara. Tenía que pensar en mí misma. Tendría que soportar muchas cosas durante las siguientes semanas, pero también necesitaba recordar que, una vez que comenzara el juicio en la Tierra, me transportarían de vuelta para testificar, para regresar a mi vida allí. Tark estaría al otro lado de la galaxia. Mara, esa perra, estaría al otro lado de la galaxia. Solo tenía que sobrevivir mientras tanto. El fiscal había dicho que el juicio estaba pautado para realizarse en tres meses, pero la fecha nunca era segura.

Al menos no me embarazaría antes de que el sistema de justicia criminal de la Tierra me fuera a buscar. Gracias a Dios. ¿Qué sucedería si me embarazaba antes de volver a casa? ¿Qué haría con un hijo de Tark creciendo en mi vientre en la Tierra? Afortunadamente, como parte del programa de protección de testigos, me colocaron un implante que prevendría el embarazo. Algún día me lo quitaría. Pero no aquí. No ahora. Yo no era una máquina de bebés.

Temblé debajo de las mantas. Estaría atrapada aquí por un par de semanas. Quizás tres meses. Mientras tanto, ¿qué me sucedería? Estaba cansada, exhausta y las esferas dentro de mí seguían pulsantes. Metí la mano entre mis piernas para acariciar mi clítoris. Él había dicho que me excitaría, pero no lo suficiente para hacerme correr.

Ahora molesta por mi predicamento, quería poner a prueba sus palabras, quería descubrir si lo que había dicho del dispositivo era cierto. Además, quería aliviar las ansias de mi entrepierna, hundirme en un placer descerebrado por la duración de un orgasmo. Dibujé círculos en mi clítoris con las yemas de mis dedos. Estaba mojada y resbaladiza. La semilla de Tark era abundante.

Presionando mis tobillos contra la cama, comencé a mover mis caderas. Yo sabía cómo hacerme correr, lo había hecho suficientes veces. Sin embargo, esta vez pensé en Tark, vi su rostro en mi mente, pretendí que las esferas vibrando profundamente dentro de mí eran su polla. Era suficiente para hacerme jadear de placer, para hacer que mis paredes internas se contrajeran y apretaran. Trabajé en mi clítoris durante largos minutos antes de detenerme para respirar y me dejé caer; las esferas seguían zumbando. Pero, como Tark lo había prometido, la programación no me dejaba alcanzar el orgasmo. Estaba pegajosa, sudada, excitada y completamente insatisfecha.

Infortunadamente, el estrés añadido de la necesidad en mi cuerpo no hizo nada para ayudarme con mi desencanto. Quería estar segura de que el dolor en mi pecho había sido causado por la transferencia y no por sentirme traicionada. El hombre que me había reclamado no me interesaba. El que me había follado. El que me había usado y abandonado con estas jocosas mujeres. El único castigo que las esferas doradas habían logrado era humillarme frente a Mara y ahora, estaba con unas ansias profundas en mi centro, ansias que necesitaban ser llenadas. Ansias que me recordaban que no era nadie para

Tark, solo una máquina que planeaba usar para producir herederos. ¿Y Mara? La vil mujer seguramente estaba corriéndose por toda la polla de Tark en estos momentos, abierta de par en par y atada a aquella mesa pequeña, llamándolo amo mientras él la tomaba por detrás.

La imagen me dolió y no debió haberlo hecho. Tark no era nada para mí. Tenía solo un par de horas conociéndolo. Tenía que ser sensata. Lógica. Intenté distraerme al concentrarme pensando en casa. En las caminatas por el parque. El café y el chocolate. Mi cálida cama en mi apartamento lindo y cómodo.

Estaría en casa pronto. Solo tenía que sobrevivir hasta entonces y recordar que Tark no sería mío. No realmente. No para siempre.

Sí, Mara era una perra. Tark era engañoso. Ya no sabía en qué pensar, pero tampoco me importaba. Solo quería escapar en la única manera que podía, por lo que me rendí y dejé que el sueño me llevara.

5

—Ella se niega —dijo Goran, tomando su estatura normal después de entrar a mi tienda.

Volteé y mis ojos se abrieron como platos. ¿Lo había escuchado bien? —¿Se niega?

Goran se veía nervioso al asentir, ya que nadie me negaba nada. Hasta ahora.

—¿Te dio una razón para esta desobediencia? —Podía escuchar la ira en mi voz, pero estaba calmado. ¿Era que en la Tierra desafiaban todo o solo era Evelyn Day? ¿Estaba intentando rechazarme? Era demasiado tarde para eso. Ella era mía. Si había cambiado de parecer después de su satisfactoria follada, entonces dependía de mí mantenerla aquí. ¿Quizás mi castigo había sido demasiado severo para su mente humana? ¿Se debía a su tamaño tan pequeño? Tenía que descubrir qué necesitaba Evelyn Day para ser feliz, y si su dicha vendría a través del castigo o del placer.

—No lo hizo.

—¿Sigue con el harén?

Volvió a asentir.

Me levanté y salí al aire cálido, Goran sostenía la entrada de la tienda abierta para mí. Asentía para saludar a quienes pasaban, pero mi rostro de resolución les impedía hablarme.

Los guardias en la entrada del harén se colocaron en posición firme al verme llegar. Me agaché para entrar a la tienda de las mujeres. Varias mujeres se levantaron para saludarme.

—¿Dónde está mi pareja? —pregunté. Si bien dos mujeres se habían sobresaltado por el severo tono de mi voz, no les di mucha atención. Yo no me enfocaba en las parejas de los demás. Ahora solo tenía interés en la mía.

Una mujer me señaló la habitación secundaria.

Allí, encontré a Evelyn Day sentada en una de las camas cepillándose el cabello. Se veía calmada y pacífica, sin sorprenderse por mi aparición.

—Vendrás cuando te lo pida —dije.

Ella alzó la mirada y pude ver fuego en sus ojos. Encogiéndose de hombros, dejó el cepillo de lado y comenzó a trenzarse su largo cabello en una sola trenza. Esperó para hablar después de atar su trenza. —Me sorprende que te importe tanto, si cualquiera de nosotras es tan buena como la otra, ¿verdad?

Ella se levantó y se veía más encantadora de lo que la recordaba. Vestía enaguas como las demás, pero el fino material se ajustaba a su cuerpo y no escondía sus curvas. Sus pezones duros y los anillos que los adornaban se distinguían claramente y la cadena se veía como una suave curva bajo la tela. El material estaba tensado sobre sus amplias caderas y solo le llegaba a medio muslo. Y allí, balanceándose entre sus muslos estaba la prueba de mi voluntad. Había desactivado las estimuesferas horas antes. Quizás ella necesitaba otro recordatorio de quién estaba a cargo, o quizás habían sido las esferas las que la habían llevado a desafiarme. De cualquier modo, así se veía más atractiva que cuando estaba desnuda.

Su cuerpo me distraía y tuve que recordar su pregunta. Fruncí el ceño. —¿Cualquiera de nosotras?

—De las mujeres del harén.

—No entiendo de qué hablas. ¿Los hombres de la Tierra comparten sus parejas con otros?

—Esto es un harén, ¿no?

—Sí.

Ella dejó caer su boca un poco, pero luego entrecerró los ojos. —En la Tierra no hay harenes, ya no. No han existido por siglos. Este es *tu* harén, ¿no?

—Este es el harén de todos en el Puesto Avanzado Nueve —le contesté.

Estábamos frente a frente, yo no estaba acostumbrado a tener este tipo de conversación. La gente normalmente escuchaba lo que yo tenía que decir, para luego contestar con un sincero «Sí, señor».

No estaba acostumbrado a la cantidad de preguntas. Ponía en duda que obtendría un «señor» de sus labios, mucho menos un «amo», al menos no mientras todavía estuviera cubriendo su suave piel con ropa.

Ella era rápida, ya que apenas alcancé ver que tomaba

el cepillo para arrojármelo. Casi no me muevo para esquivar el objeto contundente. ¡*Fark*, tenía una excelente puntería!

—¿Quieres compartirme con todo el puesto avanzado? —ella gritó su acusación, su voz estaba llena de dolor y veneno. La expresión en su rostro demostraba ira, pero detrás del fuego de sus ojos se podía ver el dolor de la traición—. Te lo dije, prefiero ir a una prisión en la Tierra a ser una puta.

Después de nivelar mi sorpresa, saqué el pecho y observé su tembloroso ser. —Y yo te dije que no te compartiría con nadie.

El volumen de mi propia voz la hizo tomar un pequeño paso hacia atrás, pero de igual manera alzó su barbilla. Ella era tan desafiante y ese fuego me ponía la polla dura como una roca. Quería degustar ese fuego, ¡usar mi boca en ella hasta que chillara y me rogara que la follara hasta perder la noción de todo!

—¿Y, sin embargo, estoy obligada a compartirte con otras? —Cruzó sus brazos sobre su pecho, lo que empujó la parte superior de sus senos por encima de las enaguas.

Apreté los dientes ante tal vista, mi polla estaba dura y la mano me cosquilleaba por querer azotarla por su insolencia. Ella me causaba una frustración que me dificultaba la respiración y me hacía apretar los puños a mis lados. ¡*Fark*! Mi pareja se suponía que era alguien dócil y dulce, no una mujer que me reclamaría o cuestionaría todo lo que yo hiciera. Pero no la tomaría ni la tocaría estando enojada.

—No tengo otras —le contesté.

—¡Ja! —Ella se rio sin ganas. Claramente, no me creía. ¿Por qué? ¿Por qué consideraría que mis palabras eran falsas?

Levantando un mano, comenzó a ondearla por la habitación. —Entonces ¿qué es esto?

Miré a mi alrededor, era un espacio decorado de forma opulenta, incluso para un puesto avanzado. —Es donde se resguarda a las mujeres por su seguridad.

Por el rabillo del ojo pude ver la entrada entre las dos habitaciones moverse y noté que nuestra conversación no era privada. Suspiré. Seguramente las demás mujeres habían escuchado nuestro malentendido y no necesitaba que mi vida personal fuera tema de chisme o leña para quienes querían sacarme del poder.

Inclinándome hacia delante, coloqué mi hombro en la cintura de Evelyn Day y la arrojé sobre él, sin olvidar la cadena que se balanceaba por debajo de sus enaguas. Colocando una mano en la parte trasera de sus muslos, me agaché y entré a la otra habitación, las mujeres retrocedieron para dejarme pasar

—¿Qué estás haciendo? ¡Bájame! —masculló Evelyn Day, golpeándome la espalda con sus pequeñas manos.

Mientras la nalgueaba, me di cuenta de que su vestido se le había subido y le di un tirón para cubrirla. Si la iba a llevar por el puesto avanzado, no permitiría que nadie viera su delicioso coño y apetitoso culo.

Se le había dicho algo erróneo relacionado con el harén y estaba furiosa. Tenía que resolver esto, ya que quería perderme en ella otra vez, aparearme con ella, sentirla debajo de mí, asegurarme de que fuera mía. Pero hasta que se resolviera esa confusión, definitivamente no me aceptaría.

—Vamos a mi tienda. Si bien el harén te mantendrá a salvo, allí no tendremos ningún tipo de privacidad. Y, para lo que pienso hacer contigo, ciertamente se necesita privacidad. Quisiera hablarte sin necesidad de atraer la atención de todo el puesto avanzado así que, por favor, mantén la boca cerrada.

―――

Antes de que se cerrara la entrada de la tienda detrás de nosotros, pude ver la maligna sonrisa de Mara. Sabía que su sonrisita no era obra de la amistad. Seguramente disfrutaba de saber que me castigarían. Basándome en la forma en la que las demás mujeres retrocedieron ante Tark, tenía que asumir que la mayoría no lo desafiaba como yo lo hacía.

Y, al ver sus ojos sorprendidos cuando el cepillo rebotó en la pared de la tienda, tenía que asumir que nunca le habían arrojado algo a su cabeza antes tampoco. No pude evitarlo. ¡El hombre me enfurecía! ¿Cómo se atrevía a colocarse sobre mí, llenándome completamente con su polla y susurrarme en el oído que era suya, para que solo unos momentos después le pidiera a Mara que fuera hacia él?

Si él pensaba que esa vil mujer era atractiva, aunque tenía que admitir que su cuerpo era lo que la mayoría de los hombres deseaba a pesar de que le faltaba personalidad, entonces no quería nada que tuviera que ver con él. El programa de emparejamiento del centro de procesamiento había cometido un grave error.

La máquina del centro de procesamiento había escarbado en mi mente, buscando la mejor pareja a través de mis necesidades y deseos subliminales y subconscientes. En la silla, había soñado que un hombre me tomaba mientras otro observaba. Sus palabras habían sido básicas, pero sensuales... demonios, incluso puramente carnales, pero todavía tenía que cuestionar si eso era lo que yo realmente quería. Había sido firme con respecto a no dejar que Goran me tocara, y afortunadamente Tark había mantenido su palabra en ese caso, al menos hasta ahora.

Mi subconsciente, sin duda alguna, no querría a un hombre que buscaba complacer a otros.

Sentí el cálido aire sobre mi piel mientras que Tark me cargaba por el puesto avanzado. Había estado oscuro la última vez que había estado afuera. Había pasado un día completo y nuevamente la luz del día se había disipado. Una oscuridad profunda nos rodeaba y, además de eso, me encontraba de cabeza. Mi pareja no me daba oportunidad de observar mi nuevo mundo.

Con la rapidez suficiente entramos a otro lugar y Tark me bajó de su hombro. Lo hizo lentamente y, cuando colocó mis pies sobre el piso alfombrado, me miró con una expresión inquisitiva, como si estuviera preocupado por mi bienestar.

Estábamos en la tienda de Tark.

—¿Dónde está la mesa para follar? —pregunté—. ¿Esperas que me incline sobre ella otra vez? ¿Es así como le gusta a Mara? ¿O es que los hombres de Trion solo logran follar a una mujer atándola?

Tark se mantuvo en silencio y me dejó vociferar todas esas palabras espinosas. Vestía ropa similar a la del día anterior. Pantalones negros, camisa gris, pero esta tenía mangas cortas y era un suéter, con botones al frente. Sus amplios hombros y pecho se veían bien definidos bajo la prolija prenda. Él era tan grande y, sin embargo, era el espécimen de hombre más perfecto que había visto. Los hombres de la Tierra no eran así, o al menos, no los había visto así. Su oscuro cabello estaba un poco enmarañado, quizás por haberme cargado.

Pero eran sus ojos los que expresaban todo. Podía ver una pizca de enojo, pero estaba notablemente calmado. Más calmado que yo. Su mirada también escondía sorpresa y definitivamente calentura.

—¿Son todas las mujeres de la Tierra así de difíciles?

—¿Acaso todos los hombres de Trion se follan todo lo que tenga coño? —le respondí, con voz estridente.

En vez de gritarme, él se arrodilló frente a mí. Antes de poder darme cuenta de lo que haría, él metió su mano bajo mi delgada vestimenta y removió las estimuesferas de mi cuerpo con un suave tirón de la cadena danzante.

Me hicieron jadear al salir y mi coño se sintió vacío. Apreté y se sintió raro no tenerlas dentro, a pesar de que habían dejado de vibrar en algún momento mientras dormía. Él las dejó a un lado, olvidadas sobre la alfombra.

—Parece que debo idear formas alternativas de castigo, ya que mi dispositivo, al parecer, empeoró tu lengua y tu temperamento en vez de mejorarlo. —Abrí la boca para hablar, pero la expresión de Tark me hizo permanecer en silencio—. Apenas nos conocemos y hoy cambiaré eso. —Tark se levantó, estaba tan cerca que podía sentir el calor de su pecho a través del estrecho espacio—. Estás cuestionando mi honor, pero tu enojo me complace.

Eso no era lo que esperaba que dijera. Esperaba que me gritara y agitara sus brazos, y que quizás, incluso, me colocara sobre algún maldito soporte para azotar mi culo nuevamente. Pero ¿complacerlo? Me había impactado tanto hasta dejarme inmóvil.

—¿Te... te complace? —pregunté.

—Sí. —Sonrió y me envolvió con sus fuertes brazos de forma que me sintiera atesorada y no amenazada. Él sabía cómo desarmarme. Maldito sea, se veía aún más atractivo cuando sonreía e hizo que mis latidos se aceleraran un poco. Simplemente verlo sonreír así sería malo para mi salud—. Piensas que he hecho algo poco honorable y estás molesta por ello. Me complace que exijas honor de tu pareja.

No podía refutar eso.

—Deseo saber de qué deshonor me acusas.

—Tú sabes bien lo que hiciste. ¿O quizás hay un problema con la memoria a corto plazo aquí en Trion?

Tark me soltó y yo cubrí mis brazos con mis manos instantáneamente en un triste intento de mantener su calor conmigo. Él movió una silla, se sentó y se inclinó hacia atrás, estirando sus largas piernas frente a él. Colocando sus codos sobre los apoyabrazos, unió sus manos. —Yo tengo una memoria perfecta, pareja. Ahora, dime qué es lo que te molesta.

Suspiré. Quizás todos los hombres, sin importar de qué planeta vinieran, eran ineptos.

—¿Acaso olvidaste que me follaste justo antes de pedir a otra mujer?

Sus cejas se enarcaron al escuchar eso. —¿Yo pedí otra mujer? ¿A quién?

Aunque yo no le agradaba a Mara, no quería que se enojara más conmigo. Me sentía como una niña chismosa, pero Mara no había ido a buscar a Tark, él la había llamado. Simplemente decía los hechos.

—Mara.

Tark frunció el ceño. —Ahora tu anterior afirmación sobre Mara tiene sentido. Pero Mara le pertenece a Davish y te aseguro que, incluso si no fuera así, ella no sería el tipo de mujer que yo pediría.

Ahora era mi turno de fruncir el ceño. Comenzaba a sentirme un poco incómoda, ya que mi enojo se desvanecía rápidamente. Mis inseguridades empezaban a mostrarse. Bajé la mirada hacia la alfombra con patrones.

—Oh. —Volví a reproducir la escena desde mi memoria. El guardia del harén no había mencionado a Tark cuando llamó a Mara. Simplemente *él*. Ese *él* obviamente tenía que ser su pareja, Davish.

Vaya perra.

Pude ver a través de mis pestañas cómo sacudía su cabeza lentamente. —Yo pedí a la mujer que quería, pero ella me rechazó.

Entonces, alcé la mirada. Hizo un movimiento con los

dedos, un ademán para que me acercara. Tragué saliva mientras me acercaba a él, podía sentir la suave alfombra bajo mis pies descalzos.

—¿Los hombres de la Tierra reclaman a cualquier mujer que deseen?

Negué con la cabeza. —No.

—¿Los hombres de la Tierra no son honorables?

Tark colocó sus manos sobre mis caderas y me haló hasta estar de pie entre sus piernas abiertas. La cálida sensación de su agarre me hizo suspirar.

Me encogí de hombros. —Algunos no lo son.

—¿Asumo que solo has interactuado con los deshonorables?

Le eché un vistazo a sus antebrazos, eran gruesos y musculosos, estaban cubiertos de vellos oscuros.

—Con algunos.

—¿Sabes lo que es un harén? —me preguntó.

Alcé mi cabeza para mirarlo; sus oscuros ojos estaban enfocados sobre mí. El enojo de ambos había desaparecido.

—En la Tierra había hace muchísimo tiempo. Algunas culturas le permitían a un hombre tener varias, muchas, mujeres para él solo. *Harén* era la palabra que se usaba para hablar de todas sus mujeres, pero también era el lugar donde estas esperaban hasta que él las llamara para que cumplieran con sus necesidades.

—Ahora veo el problema que tenemos. —Sus pulgares acariciaban las partes superiores de mis muslos de arriba hacia abajo, subiendo el fino material de mis enaguas cada vez más hasta que me acarició la piel desnuda.

—Un harén en Trion es un lugar, bien resguardado y fortificado, donde una mujer se queda cuando un hombre no puede ofrecerle protección. Cada una de las mujeres que conociste le pertenece a alguien, así como Mara le pertenece a Davish y tú... —se inclinó hacia adelante y me besó el abdomen— ...me perteneces a mí.

La forma en la que dijo «*me perteneces a mí*» hizo que un pequeño dejo de esperanza me llenara de vida. —Pensé...

—Sé lo que pensaste. Te he dicho mi nombre, pero no te he dicho que soy consejero superior. Estoy seguro de que existe un papel similar en la Tierra, quizás con un título diferente. Soy el líder del continente norteño y de los siete ejércitos. Estamos aquí en el Puesto Avanzado Nueve para la reunión general anual de los demás consejeros del planeta. Cada uno de nosotros representa una región o área diferente del planeta.

—Tenemos algo similar en la Tierra, pero cada país tiene su líder. No existe un líder para toda la Tierra.

—¿Y todos los países son iguales en tu mundo? ¿O algunos tienen más poder que otros?

—Hay algunos países grandes que controlan casi todo.

—Así son las cosas aquí también. Mi región es la más grande y la más poderosa. ¿Ahora entiendes la importancia de mi papel y el peligro que nos persigue tanto a mí como a mi pareja? Ayer deseaba ocultarte de todos los curiosos.

Me mordí el labio. —¿Curiosos?

—La política exige que escoja a una mujer de Trion como mi pareja, pero he rechazado muchas ofertas.

Pareja asignada

Esperé mucho tiempo por una novia interestelar porque no quería un emparejamiento político. Quería a alguien que pudiera ser mía y solo mía, sin ninguna agenda política o motivo oculto. Quería una mujer que fuera la pareja perfecta para mí, el hombre. Así como tú lo eres.

Incliné mi cabeza, pero todos mis miedos y preocupaciones habían desaparecido. —¿Cómo puedes estar tan seguro?

—Lo supe en el momento que la transferencia se había completado.

Se veía tan seguro de sí mismo, de que habíamos sido emparejados de entre todas las posibilidades de la galaxia. Yo ni siquiera había querido que me emparejaran. Yo *debería* estar en la Tierra, atendiendo pacientes en el hospital. Él creía que debía quedarme en Trion para siempre, pero nuestro emparejamiento era de corto plazo, hasta que me llamaran para testificar. Repentinamente, la idea de irme no parecía tan emocionante como antes.

Él movió sus manos y me tomó por el trasero, acercándome más a él.

—Entonces... ¿entonces me juras que no pediste a Mara?

Lo escuché soltar un gruñido desde lo profundo de su pecho. —Mujer, no hubiese pedido una novia interestelar si hubiese querido follarme a Mara.

Debió haber visto algo en mi rostro, porque después añadió: —¿Te tranquilizaron mis palabras? ¿Nos entendemos mejor ahora?

Me mordí el labio y dejé ir las tensiones y

preocupaciones. —¿Me enviaste al harén para protegerme?

—Tenía una reunión con los consejeros y no podía vigilarte. Te protegí con los guardias del harén porque no podía estar contigo.

Entonces, sonreí. Era una sonrisa temblorosa, pero allí estaba. —Lo siento. No estoy acostumbrada a que un hombre me escoja por encima de una mujer como... como Mara.

—Ahora soy yo el que está confundido. ¿Por qué un hombre escogería a Mara antes que a ti?

Resoplé una risa. —Senos levantados. Un estómago plano. Caderas angostas. Muslos que no están llenos de celulitis. Cabello suave y manejable.

Tark entrecerró sus ojos y silenciosamente levantó mis enaguas hasta sacarlas por mi cabeza, arrojando el atuendo sobre la alfombra. La cadena rozaba mi estómago al moverse.

—Tu castigo se hace cada vez más largo.

—¿Qué? —Intenté alejarme, pero su agarre de hierro no me dejó.

—Arrojarle un cepillo a tu amo es, definitivamente, una ofensa merecedora de castigo. Comportarte como una fierecilla frente a los demás exige una retribución severa. Hablar de ti misma negativamente es incluso peor. No te escucharé hablar de ti misma de esa manera otra vez.

—Pero...

Me volteó con agilidad, me empujó hacia abajo, colocándome sobre su regazo nuevamente en posición para azotes. La palma de su mano azotó mi trasero desnudo.

Intenté cubrirme con mis manos, pero él me tomó la muñeca y la aseguró fuertemente. Dios, eso lo había hecho el día anterior, debí haber aprendido. Debí haber aprendido muchas cosas, pero nuevamente me encontraba con el culo alto en el aire.

Me hablaba mientras las nalgadas llovían. A diferencia de ayer, estas nalgadas fueron mucho más fuertes; los azotes golpeaban todo con tal intensidad que me tenían sobre los dedos de mis pies y luchando contra su fuerza.

—Me gusta que mi mujer tenga curvas. Me gusta que mi mujer tenga caderas de donde agarrarla mientras me la follo.

No podía retener los gritos que se escapaban de mis labios. ¡Dolía! Esto no era una simple lección por mi comportamiento; esto era un castigo puro y duro. —Me gusta que mi mujer tenga senos que se desborden en mis manos. —Su mano acariciaba la piel caliente—. ¿Cómo puedes cuestionar esto?

Intenté recobrar el aliento cuando pausó. —Porque soy bajita y gorda.

Comenzó a azotarme otra vez, arrugué la cara ante el dolor incesante y luché por liberar mi muñeca de su agarre. —*Gara*, ¿cómo te evaluaron para nuestro emparejamiento?

Metió su mano por debajo y uno de sus pulgares rozó un anillo dorado. Suspiré por el placer que eso provocó. Al combinarlo con el fuerte ardor de mi trasero, mi coño se estremeció. Mi clítoris deseaba que lo tocaran y podía sentir cómo mis muslos se humedecían.

—Colocaron sensores y me dieron algo para engañar a mi mente con visiones. Me hicieron ver cientos de imágenes. Luego caí en un sueño. Cuando desperté, el emparejamiento estaba listo.

Comenzó otra ronda de nalgadas, pero esta vez dirigió los golpes a la parte superior de mis muslos. Al separarlos, los golpes terminaban sobre la piel sensible y no pude aguantar más las lágrimas.

—Yo me sometí a algo similar. Eres exactamente como te quería porque eso lo dijo mi subconsciente. Así como yo soy exactamente lo que tú quieres.

Pensé en sus palabras mientras lloraba. Mi subconsciente lo escogió a él. Hasta este momento no había considerado que el suyo hubiese hecho lo mismo. Una pareja perfecta. Todo lo que él quería y deseaba en una amante y una pareja, ¿La idea de que yo era físicamente perfecta para él, así como él lo era para mí? No podía entenderlo de verdad. ¿Cómo era yo perfecta si tenía que seguir azotándome?

Lenta y suavemente me levantó para colocarme frente a él. Con sus pulgares, limpió las lágrimas de mis mejillas. Cuando pude calmarme, logré ver ternura en sus ojos. —Basta de charla. Fuiste una buena chica y soportaste bien el castigo. Es hora de que folle a mi pareja.

6

Halándome hacia delante, me llevó hasta su regazo para sentarme sobre él con mis rodillas a ambos lados de sus muslos, teniendo cuidado de no lastimar mi adolorido trasero.

Su cuerpo irradiaba calor, incluso, a través de su ropa. Era la primera vez que estaba tan cerca de él. Sí, él ya había estado profundamente dentro de mí, pero yo no había podido verlo, no había podido mirar esos ojos oscuros, ver el deseo en ellos. Él me estaba dando la oportunidad de estudiarlo. Desde cerca, pude ver que su nariz estaba un poco desviada, como si se la hubiese roto en algún momento. Teniendo cosas como el extraño dispositivo médico que se usó para curar la mano de la mujer lastimada, seguro podían haberla arreglado con facilidad para que fuera perfecta. Pero, en cambio, él lucía *imperfecto*. Sus labios rellenos me hacían preguntarme cómo se sentirían sobre los míos.

Dudaba que sus besos fueran delicados, sino que

esperaba que fuera tan dominante con su boca como con el resto de su cuerpo. Mientras seguía pensando en cómo se sentirían sus besos, él dejó salir un quejido de lo más profundo de su garganta.

—Esa mirada, *gara*. Es mi perdición.

Alcé mi mirada para encontrarme con la suya. Podía sentir su polla entre mis piernas abiertas, era una verga rígida que se presionaba contra mi coño. De no haber tenido los pantalones puestos, seguramente solo necesitaría mover sus caderas para estar dentro de mí.

—¿Ustedes... se besan? —Él no me había besado, ni una sola vez. Me había follado, me había hecho gritar, me había azotado y había explorado mi cuerpo con sus manos. Pero ¿un beso? Yo quería conocer su sabor.

Él enarcó su oscura ceja y la comisura de sus labios. Esto formó un hoyuelo en su mejilla que permanecía casi oculto por su barba incipiente. Vaya, era tan atractivo y era mío. No podía estar más excitada. La humedad de mi coño seguramente había mojado sus pantalones. ¿Sentiría el calor de mi trasero en sus muslos?

Apenas sabía algo de Tark y él no sabía nada de mí, lo poco que sabía era una mentira. Pero, elementalmente, ni siquiera necesitábamos ser algo más que extraños, porque de igual forma lo quería con una intensidad que nunca había conocido, que nunca había sentido antes. Me sentía como los drogadictos que aparecían en el hospital, adicta y desesperada por otra dosis. Mi cuerpo lo ansiaba. Quería otra dosis del placer que solo él podía darme. Su aroma era casi provocador, al igual que la sensación de sus firmes músculos y la manera en la que me miraba. No podía cuestionar la validez del emparejamiento. El emparejamiento era real. Esta atracción era real.

Pero no me quedaría aquí. Cuando llegara el momento de testificar, yo regresaría a la Tierra y él se quedaría a millones de años luz de distancia. Regresaría a un mundo donde no había nadie para mí. Nadie tan *perfecto* como Tark.

Tenía alrededor de tres meses. Si bien me iría, eso no significaba que no tomaría ventaja de todo lo que Tark tenía para ofrecer, incluso, si eso significaba castigo.

—¿Si nos besamos? —preguntó Tark. Frunció el ceño por un momento—. Por supuesto. ¿Ustedes no?

Miré hacia un lado y luego volví hacia él. —Sí, pero nunca me has besado, entonces no estaba segura.

Él suspiró. —Como dije, estamos en el Puesto Avanzado Nueve para las reuniones de consejeros, lo que entra en conflicto con mi deseo de estar contigo. No estoy disponible para dedicarme a tu placer, para aprenderme tu cuerpo de la forma que lo haré una vez que regresemos al palacio. ¿Crees que deseo estar con un montón de hombres testarudos y malhumorados cuando podría estar así contigo?

Movió sus manos hacia mis caderas y las acarició. El movimiento hizo que mi clítoris rozara con su polla y me hizo gemir. El calor de la acción era intenso.

—Me está empezando a gustar ese sonido que haces —murmuró.

Sus ojos estaban sobre mi boca y yo me lamí los labios. Su agarre se volvió más fuerte al ver la inocente acción. Le había gustado. Lo volví a hacer y él dejó salir un quejido.

—Eres una chica mala.

Antes de poder darle una respuesta, se acercó a mí y reclamó mi boca. Para un hombre tan grande, tan poderoso y tan naturalmente dominante, el beso fue suave y delicado. Por unos segundos, luego cambió. Se volvió extremadamente carnal, sus labios reclamaban los míos y su lengua se metía profundamente mientras yo jadeaba de sorpresa. Sabía a vino y a oscuro hombre de lujos.

Él sabía besar. Dios mío, que sí sabía. Era como haberle prendido fuego a la gasolina, una explosión instantánea. Radiante, caliente y de una intensidad abrasadora. Me habían besado antes, pero no así. Me habían tocado antes, pero las manos de Tark eran tan grandes que me sentía contenida, poseída, reclamada. Y solo me estaba tocando con sus manos y su boca. ¿Cómo sería cuando su polla no estuviera en sus pantalones sino abriéndome y llenándome por completo?

Coloqué mis manos sobre su cabeza, temerosa de que, si no lo retenía de alguna forma, él desaparecería. El contacto con él se sentía como un sueño. Pero esta vez, estaba despierta.

—No soy... no soy una chica mala —jadeé, para luego dejarlo reclamar mis labios nuevamente.

Después de una cantidad de tiempo interminable, él se alejó para mirarme con ojos entrecerrados y oscuros como la medianoche. Sus labios estaban brillantes por mis besos y su respiración estaba tan agitada como la mía.

Sentí el poder correr a través de mí al saber que yo podía provocar eso en él, verlo tan... salvaje.

—Asesinato. —Solo dijo esa palabra, pero fue suficiente para recordarme que, para él, yo era una chica *muy* mala.

—Pero... —Quería decirle la verdad, que eso era mentira, pero él cubrió mi boca con sus dedos.

—Belleza. Espíritu intenso. El coño más perfecto. Gemidos de placer. Sabes usar tus poderes bien.

No pude evitar sonreír ante sus palabras.

—Mi poder, *gara*, lo ejerzo sobre tu placer. No puedes correrte hasta que te lo ordene.

Eso no debería ser un problema, ya que no podía correrme por un hombre. Bueno, no podía correrme por un hombre antes de él.

—Tark...

—Amo. —Sus manos se dirigieron a la cadena que se movía entre nosotros. Él la enredó en uno de sus dedos y me obligó a acercarme más hasta que nuestros labios se tocaron—. Me llamarás «amo» ya que, si bien tus poderes me pusieron la polla tan grande y dura como el cuero de una montura, harás lo que yo te diga cuando se trata de follar.

Sus palabras estaban llenas de lujuria, pero también tenían esa voz de mando.

—Soy el único que puede darte placer, ¿no es así? —preguntó.

Tiró suavemente de la cadena y suspiré de placer; el delicioso dolor había ido directamente a mi clítoris. ¿Cómo sabía que me gustaba eso?

—Sí..., amo.

Sus ojos se abrieron como platos al escucharme decir la palabra. Llamarlo «amo» no había sido tan terrible como había esperado. Yo era médica. Era una mujer independiente que no tenía ningún amo. Pero cuando lo decía para referirme a Tark, era distinto. Él ciertamente era el amo de mi cuerpo y eso me contentaba por ahora.

—Ah, quizás eres una buena chica después de todo. Vamos a ver. No te corras, *gara*. No hasta que te lo ordene.

—Dándole un último tirón a la cadena, la soltó para meter sus manos entre mis piernas para acariciar mi coño.

—Tan caliente, tan mojada. Coloca tus manos detrás de tu cabeza. Sí, así. Mantenlas así.

Entrelacé mis dedos sobre mi nuca, con mis codos hacia afuera. Esta posición también me hizo sacar el pecho. Él parecía disfrutar el tenerme atada, pero, estando sobre su regazo, no había nada que pudiera usar para atarme. El forzarme a mantener esta posición era como tener ataduras invisibles, pensamiento que me hizo apretar mis paredes internas. No podía hacer nada más que lo que Tark ordenaba.

Jugó conmigo por un momento; sus dedos se resbalaban sobre mis pliegues, se metían y acariciaban, ¡Dios mío!, mi punto G. No se quedó allí, sino que los sacó para dibujar círculos sobre mi clítoris, atormentándome al no tocarlo realmente, aumentando cada vez más mi placer hasta estar a punto de correrme para luego detenerse. Hizo eso una y otra vez. Movía mis caderas contra su mano, pero cada vez que lo hacía, él se detenía.

Luego volvía a comenzar. Me quedé quieta después de quejarme, pero solo brevemente, hasta que no pude contenerme más. Mis dedos comenzaron a resbalarse, pero con tan solo arquear una de sus oscuras cejas, los acomodé nuevamente sobre mi nuca. Era un ciclo de completa tortura y la expresión de Tark, llena de satisfacción petulante, me hacía saber que su dominancia era completa.

Cada célula de mi cuerpo gritaba por liberación y eso lo había logrado solo con sus habilidosas manos. Seguramente moriría una vez que me follara.

—Amo, por favor —le rogué. Mi piel estaba cubierta de sudor; mi garganta estaba seca; mis pezones se habían vuelto dos piedras endurecidas y mi clítoris pulsaba. Cada parte de mi coño ansiaba la polla de Tark.

Colocando sus manos nuevamente sobre mis caderas, murmuró: —Sácame la polla.

Bajando mis manos, lo hice con entusiasmo, retrocediendo sobre sus muslos para dejar un espacio entre nosotros y poder abrir sus pantalones. ¿Los hombres en Trion no usaban ropa interior o era solo él? Su polla salió libremente, grande, erecta y con líquido preseminal en la punta. Mis ojos se abrieron al verla.

Si bien había sentido su polla cuando me había follado el día anterior, no la había visto. Nunca había visto una tan grande. Era de un largo grueso y de un color rubicundo oscuro que salía de un nido de vello negro. Unas venas hinchadas pulsaban a lo largo de la extensa verga. Una cabeza acampanada y ancha la coronaba. *¿Eso había cabido dentro de mí?*

La tomé desde la base firmemente; mi mano no se cerraba completamente sobre ella, y me acomodé hacia arriba, usando mi pulgar para limpiar su visible gesto de ansiedad. Me lamí los labios pensando en cómo sería su sabor. ¿Salado? ¿A almizcle? Seguramente a un macho puro y sin adulterar.

—Sigue mirándome así y me correré en tu boca, no en tu coño. —Su voz era profunda y tosca, como si apenas pudiera mantener el control—. Ponme dentro de ti

Sus manos me levantaron para estar justo encima de él, colocándome en el lugar exacto donde él me quería. Aún con mi agarre en su polla, bajé para que la cabeza presionara mi entrada. Mientras continuaba bajando más profundamente, él me abría y me llenaba cada vez más.

Coloqué mis manos sobre sus hombros para tener balance y lo tomé con fuerza una vez que me encontré sentada por completo sobre su regazo. Él estaba completamente dentro de mí, su cabeza acampanada rozaba la entrada de mi vientre. Me sentía abierta, llena y completamente reclamada. El calor y las punzadas en mi cuerpo solo resaltaban eso.

Suspiré, estaba disfrutando la sensación, me sentía... completa. Mi coño se apretaba a su alrededor, enviando pequeños choques de placer a través de mi cuerpo. Las estimuesferas que me había insertado anteriormente me habían hecho más sensible, más consciente de cada lugar que acariciaba.

Tark cerró sus ojos y apretó sus dientes. —*Fark* — espetó, justo antes de tomarme por las caderas y comenzar a alzarme y bajarme.

Pareja asignada

Intenté moverme para frotar mi clítoris sobre él cada vez que me bajaba, pero me estaba agarrando muy firmemente. Todo lo que podía hacer era sentir cómo mecía sus caderas al momento de bajarme sobre ellas.

Mis senos rebotaban y hacían que la cadena se moviera, lo que hacía que mis pezones ardieran y se mantuvieran duros. El peso se añadía a las sensaciones que recorrían mis venas, pero no era suficiente para hacerme correr. ¿Cómo sabía este hombre cómo llevarme al borde del límite, pero no hacerme cruzarlo? Nunca lo había sentido tan intensamente. Nuestras pieles estaban cubiertas de sudor; nuestras respiraciones estaban agitadas y desesperadas. Los sonidos mojados de follar llenaron el espacio y podía escuchar mis propios gritos de placer, que aumentaban con la dolorosa sensación de mi trasero adolorido frotándose contra sus muslos. El resto del puesto avanzado se encontraba justo fuera de las delgadas paredes y no tenía dudas de que pudieran escuchar, y saber, lo que estábamos haciendo. No me importaba. Solo me importaba estar con Tark y dejarlo gobernar mi cuerpo. Con razón nunca me había corrido con otro hombre.

—Nos correremos juntos, *gara* —gruñó y podría jurar que lo sentí más grande dentro de mí.

Metió su mano entre nosotros y rozó mi clítoris, todo esto con sus ojos sobre los míos.

Yo no podía mantenerlos abiertos, pero su voz me hizo abrirlos. —No, mírame. Quiero ver tu rostro cuando te corras, cuando aceptes mi semilla.

Mis paredes internas se contrajeron al escuchar esto y

me corrí. Mis ojos se abrieron como platos, estaba casi sorprendida de poder sentirme así, de que este hombre pudiera darme esto. Grité, con el sonido escapándose de mis labios. No podía retenerlo. No podía retener nada. Arqueando mi espalda y afincándome sobre sus muslos para moverme con el placer, pude ver a Tark apretar la mandíbula. Sus mejillas se sonrosaron y él gruñó. Los tendones en su cuello se tensaron y sentí el pulso de su polla; sentí su semilla llenándome. Sabía que mi coño estaba apretándolo como un puño, casi que sacando todo el semen de su cuerpo como si lo necesitara, como si lo añorara.

Completamente exhausta, me dejé caer hacia delante, descansando mi cabeza sobre el hombro de Tark, con nuestros pechos juntos. Mi coño continuó apretándolo y contrayéndose en pequeñas ondas y yo no tenía deseos de moverme. Por la forma en la que Tark acariciaba mi espalda sudada de arriba hacia abajo con su enorme mano, él tampoco quería hacerlo.

No sabía cuánto tiempo llevábamos en esta posición, pero Tark se levantó, manteniéndose profundamente dentro de mí, para caminar hasta el otro lado de la tienda y acostarme sobre mi espalda, con él encima de mí. Se sostuvo encima de mí con su antebrazo. Un grueso mechón de pelo cayó sobre su frente y yo lo acomodé, pero volvió a caer en el mismo lugar.

—Evelyn Day, tú me complaces.

—Eva —contesté.

Él frunció el ceño.

—Mi nombre es Eva. —Para mí era importante que me

llamara por mi nombre real, no por el nombre falso que me habían dado los fiscales para mi identidad secreta. Esa no era yo. Nada que respectaba a Evelyn Day, la asesina, era mío.

—Eva —repitió, como si estuviera saboreando mi nombre—. ¿Cuál era tu ocupación en la Tierra?

Él frunció el ceño mucho más, profundizándolo. —¿Por qué me tuerces los ojos?

—¿Quieres tener una conversación estando así? —Tark estaba sobre mí, dentro de mí hasta el final y cubriéndome como una manta eléctrica. Su rostro estaba a pulgadas del mío, cernido y enfocado en mí con una intensidad que me dificultaba enfocarme. Nunca me había sentido tan consumida. Tan atesorada. Tan íntimamente unida a otra persona.

Él me acarició el cabello con su mano y tuve que resistir las ganas de acurrucarme contra la gran calidez de su palma. —¿Qué, con mi polla dentro de ti?

Asentí contra el suave colchón.

Él sonrió, lo que hizo que mi corazón se derritiera un poco. —Nada se interpondrá entre nosotros, *gara*. Además, quiero asegurarme de que mi semilla se quede dentro de ti y eche raíces.

—¿Tú... tú quieres tener un bebé? —Los hombres que yo conocía no estaban para nada interesados en bebés—. Tengo un implante que me impide concebir.

Él negó con la cabeza. —Como parte del procedimiento, eso se removió. ¿Recuerdas la sonda? —¿Cómo podría olvidarla? —Confirmó que eres fértil y que te puedes reproducir. ¿Tú no deseas tener un hijo?

Me encogí de hombros y me enfoqué en los marcados vellos de su pecho, pasando mis dedos por ellos. Eran suaves como la seda y podía sentir el latido de su corazón bajo las puntas de mis dedos.

—Sí, pero en la Tierra no tenía hombre. Asumí que algún día tendría hijos. Tú has tenido mucho más tiempo para considerarlo —añadí.

—Sí es así. Que yo produzca un heredero es un requerimiento.

Me quedé fría debajo de él, pues no me encantaba la idea de ser considerada solo un recipiente para su descendencia.

—No te irrites, Eva. También quiero tener un hijo, una pequeña niña que sea igual a ti, con el cabello rojo y todo. Quizás con un poco menos de espíritu, porque si llega a ser como su madre, ella será mi perdición.

Sonreí ampliamente ante su juguetona observación. No podía evitar que sus palabras me complacieran.

—¿No necesitas que sea niño para continuar con la línea o algo así?

Él negó con la cabeza mientras acariciaba mi hombro con un dedo y veía cómo me provocaba piel de gallina. Podía sentirla en toda mi piel.

—No. Eso no importa.

Su pezón tenía la forma de un disco aplanado, era de un tono más oscuro que el resto de su piel y yo coloqué mi mano encima de él. Él colocó su mano sobre la mía, lo que me hizo mirarle a los ojos.

—¿Cuál... cuál era la pregunta? —Me había distraído.

—¿Cuál era tu ocupación en la Tierra? Ciertamente, el asesinato no era tu profesión.

Me congelé debajo de él, mis rodillas se presionaban contra sus caderas.

—Yo era... yo soy médica.

Una oscura ceja se arqueó. —¿Como Bron?

—No conozco su especialidad, pero creo que sí. Yo ejercía la medicina de emergencia.

—Impresionante —dijo él.

—Por lo que he visto, Trion parece estar más avanzado que la Tierra. Parece que tienen un amplio abanico de herramientas útiles.

—Ah, ¿te refieres a la sonda?

Tragué saliva al recordar cómo me había hecho sentir el dispositivo consolador. —Te aseguro que no tenemos nada parecido en la Tierra. De tenerlo, la sala de emergencias no daría abasto.

Tark sonrió.

Parecía estar enfocado en tener una conversación y no planeaba sacar su polla de mí. —¿Naciste como consejero superior o te eligieron?

—La posición fue mía después de la muerte de mi padre. Yo le cederé el puesto a mi hijo primogénito.

—Es una monarquía entonces.

—Sí. Una monarquía —probó la palabra—. Como te dije, hay otros quienes desean derrocarme, desean gobernar de forma diferente. Muchos están acostumbrados a costumbres más fuertes y desean verlas aplicadas en todas las regiones. Yo tengo un... enfoque más flexible que espero permita la diversidad de costumbres alrededor del planeta.

Además de ser un amante increíble, era líder y diplomático.

—Verte emparejado con una asesina probablemente no te ayude. —Seguramente tendría que haberse encontrado con alguien a quien le disgustara por mi falso pasado.

Él emitió un sonido evasivo al meter su mano para acariciar la cadena entre mis pechos.

—¿Planeas asesinarme? —Sus ojos seguían sus dedos.

—No. —Jadeé un poco cuando comenzó a tirar gentilmente de la cadena, halando un anillo del pezón y luego el otro—. ¿No quieres saber lo que hice?

—Tú me dirás cuando lo desees. Por ahora... —él ajustó sus caderas ligeramente y lo sentí moverse dentro de mí. Su semilla lo ayudaba a moverse—. Otra vez —murmuró, mientras movía sus caderas.

Mis ojos se abrieron como platos al sentir cuán duro estaba, ¿siquiera se le había bajado?, y que yo estaba igual de ansiosa.

Su semen se salía por sus movimientos y chorreaba por mis piernas para caer sobre las mantas debajo de mí.

—Amo —susurré mientras se salía un poco para luego volver a entrar. Él era más grande que la sonda que había usado en mí. Más caliente. Estaba más enfocado en usar su polla para que mi cuerpo respondiera.

Sonrió, claramente complacido al escuchar la palabra, y nos llevó a ambos nuevamente a repetirlo todo.

7

Dos días más habían pasado; mi tiempo lleno de reuniones me obligaba a enviar a Eva al harén para que su seguridad estuviese garantizada. Además de ser hermosa, era una mujer razonable que entendía por qué no podía tenerla conmigo. Unos azotes ciertamente habían ayudado a eso. Debido a esto, ningún otro cepillo para el cabello me fue arrojado a la cabeza.

No era Eva la que se quejaba. Eran los demás consejeros. Me senté en mi asiento usual por encima de los demás y los escuché refunfuñar.

—No presenciamos la primera follada y no la hemos visto. Solo las parejas en el harén pueden confirmar su existencia. —El consejero Bertok era una molestia continua.

—El consejero Tark no se encuentra en casa. Seguramente puede entender su necesidad por proteger a su pareja —contestó Roark.

—¿De quién? —preguntó el viejo—. Ella es la asesina.

Nosotros somos los que deberíamos temer de que no le haga daño a alguna de las mujeres en el harén. —Levantó su brazo para indicar a los demás—. ¿No están preocupados por sus parejas? Los guardias protegen a las mujeres de peligros *externos*, pero quizás el verdadero peligro se encuentra *dentro*.

—Suficiente —dije.

Todas las cabezas se dirigieron a mí.

—Goran, tráeme a mi pareja.

Mi segundo al mando asintió antes de irse de la tienda.

La charla regresó al último tema pautado hasta que Goran regresó. Mantuvo abierta la entrada de la tienda para que Eva pasara. Yo me levanté y los demás me siguieron. Extendiendo mi mano, ella se colocó a mi lado. Ella era encantadora y todos los hombres en la habitación mantenían sus miradas sobre ella. Afortunadamente, se encontraba vestida con sus enaguas sencillas y llevaba una bata encima de ellas, lo suficientemente larga para arremolinarse alrededor de sus tobillos. No tenía botones ni forma de cerrarse, pero Eva mantuvo ambos lados juntos frente a su pecho.

Le concedí una pequeña sonrisa, no podía darle más ya que, si mis consejeros se enteraban de mi profundo interés en ella, eso podría ser peligroso. Ambos estábamos bajo escrutinio.

Me incliné hacia delante y le susurré al oído: —Algunos hombres son más formales y más estrictos de costumbres que otros. Por favor, trátame con autoridad.

Si bien podía ver un poco de confusión en sus ojos claros, ella asintió y se mantuvo en silencio. Esperaba, por su bien, que no me cuestionara. No deseaba azotarla en público.

—Esta es Evelyn Day, mi pareja.

Todos los hombres observaban a la mujer con quien había sido emparejado.

—Como pueden ver, ella es muy pequeña como para ser de peligro.

Logré ver que me miró a través del rabillo de mi ojo.

—Ella podría tener un arma escondida —dijo el consejero Bertok, mirándola con desdén.

Yo saqué mi pecho. —¿Está cuestionando a mi pareja?

—¿*Usted* ha cuestionado a su pareja? Ella ha cometido un crimen despreciable en su mundo. El único castigo que recibió fue ser enviada a este planeta. Trion seguramente es un mundo más avanzado y mejorado que la Tierra. ¿Cómo puede ser venir acá castigo suficiente?

El consejero Bertok necesitaba retirarse; sus costumbres eran demasiado arcaicas. Infortunadamente, él no tenía el papel de diplomático. Yo, sí. Lo que él había dicho también era verdad. Aún tenía que preguntarle a Eva los detalles detrás de sus acciones. El asesinato a sangre fría era una ofensa severa en Trion. ¿También lo era en la Tierra? ¿Qué *había* hecho ella? Se lo preguntaría, pero lo haría en privado. Después.

—El crimen y castigo de Evelyn Day fueron responsabilidad de su mundo, no del nuestro. Ella está aquí como mi pareja y nada más. De ser castigada, se la castigará por infracciones aquí en Trion y yo, como su pareja, veré que eso se cumpla.

El viejo se levantó. —No me quedaré quieto mientras ella esté libre.

—¿Qué quiere que haga, consejero Bertok? ¿Que encarcele a mi pareja? ¿La mujer que me fue enviada por el Programa de Novias Interestelares? ¿Acaso va a darle la espalda al tratado que mantiene a Trion, y a cientos de otros planetas, seguros por miedo a una sola mujer? Usted es quien deseó verla.

—Debería estar encadenada para que nuestras parejas estén seguras. Si no, todos deberíamos irnos.

Otros dos consejeros se levantaron y asintieron en concordancia con lo que había dicho el viejo.

No podía permitir que los hombres se fueran. Necesitaba de su presencia para poder terminar las reuniones, ya que no deseaba regresar al Puesto Avanzado Nueve hasta el siguiente año. Pero tampoco deseaba ver a mi pareja encadenada solo para su disfrute. La disciplina era útil, de ser necesaria, pero no iba a castigar a Eva solamente por los caprichos de un hombre. Castigaría a Eva si la ocasión lo requiriera, la azotaría hasta que se sometiera bajo mi control, pero no ahora cuando no había hecho nada para merecerlo.

El hombre quería demostrar su poder sobre mí a través de mi pareja y eso era inaceptable. Él sabía que yo debía hacer lo que él ordenara. Internamente, quería arrancarle la cabeza y colocarla en una estaca, pero, externamente, lo que hice fue llamar a Goran.

—Tráeme una de las luminarias.

Goran probablemente cuestionó mi pedido, pero permaneció en silencio e hizo lo que le pedí.

Pareja asignada

Girándome hacia Eva le dije: —Arrodíllate.

Ella entrecerró los ojos, pero me obedeció. Mirándome a través de sus pestañas, una imagen muy carnal de ella en esa misma posición chupándome la polla se me vino a la mente. Afortunadamente, Goran regresó.

—Remueve la luz —le dije y él removió la parte brillante de arriba. Tomé el poste de sus manos—. Gracias.

Él asintió y volvió a su lugar.

—Levanta la cadena que está bajo tu vestido —le dije a Eva.

Ella dirigió la mirada hacia los demás hombres y luego hacia mí. Podía ver el fuego en sus ojos y, por un momento, pensé que me desobedecería, pero afortunadamente se mantuvo en silencio y nuevamente hizo lo que le ordené. Ella levantó la cadena de entre sus pechos y la dejó caer por fuera de su vestido. Quizás, y esperaba que fuera así, su respuesta rápida se basaba en una creciente confianza entre nosotros. Le había dicho más de una vez que jamás la lastimaría y se lo había demostrado al solamente tocarla para darle placer. Nalgueándola no solo una, sino dos veces había sido doloroso al principio, pero supe por lo mojado que estaba su coño que a ella le había gustado. Quizás era un castigo muy leve para alguien que disfrutaba un poco del dolor. Era algo para considerar. Después.

Me arrodillé y cuidadosamente metí el poste a través del espacio entre la cadena y su cuerpo y lo clavé en el suelo. Pude ver cómo se hundía hasta asegurarse dentro de la arena. Le di un tirón para garantizar que estuviera bien colocado.

El poste estaba colocado dentro del círculo de la cadena y su cuerpo. Eva no iría a ninguna parte, a menos que decidiera menear sus hombros hacia arriba hasta sacar la cadena del largo poste. No creo que ella quisiera arrancarse los aros de sus pezones. Esta disposición permitía que estuviera limitada, pero sin estar atada. Ella estaba a mi lado, cubierta modestamente, donde la quería y de donde podría liberarla con facilidad si llegáramos a estar en peligro. Con un firme tirón del poste ella estaría libre.

—¿Satisfecho? —le pregunté al consejero Bertok.

Él frunció sus delgados labios, pero asintió y regresó a su asiento. No podía hacer nada más y lo sabía. Había cumplido con sus requisitos, aunque él seguramente había esperado que la desnudara completamente y que le pusiera grilletes. El viejo *fark*.

Se evitó la crisis, pero todo el costo lo terminó pagando Eva. Ella mantuvo su cabeza baja durante el resto de la reunión. Sin duda, se sentía avergonzada y muy enojada. Mientras me enfocaba en lo pautado para el momento, monitoreaba a Eva con cuidado, asegurándome de que estuviera cómoda. Si bien era el consejero superior, también era su pareja y ella era mi prioridad principal. Me había comprometido con mi papel durante toda mi vida. Era hora de que me comprometiera con Eva.

Cuando estaba a punto de terminar la reunión, uno de los jefes de guardia se metió en la tienda. Por la expresión

Pareja asignada

de urgencia en su rostro y el sudor que corría por su frente, sabía que algo estaba mal.

—Consejero superior, ha habido un accidente. Hay varios muertos y tenemos heridos.

Quizás me había sentido más avergonzada cuando Goran vio a Tark follándome, pero eso lo había superado fácilmente por la excitación y, al final, por el increíble orgasmo. Pero que me forzaran a sentarme sobre esa plataforma elevada junto a Tark, no como su igual sino claramente como su... mujer, o peor, una mascota encadenada, era demasiado mortificante. Si bien no me había atado, ni esposado ni puesto grilletes como había querido el horrible Bertok, estaba verdaderamente atrapada. La cadena unida a los anillos en mis pezones me mantenía de igual manera en el poste. Tark había sido considerado, pero de todas maneras me encontraba atada. Me había enfurecido durante los primeros minutos de la reunión, pero luego caí en la cuenta de que mi pareja estaba haciendo su trabajo.

En Trion existía una variedad de costumbres y Tark tenía que cumplir con las diferencias entre consejeros. En vez de ponerme grilletes, encontró una manera para subyugarme que no lastimara mi dignidad. Yo conocía la fuerza de Tark y sabía que podía remover el poste de la arena tan rápido como lo había colocado.

Pero lo que me hizo sentir inferior, lo que me hizo mantener la cabeza baja no fue Tark, sino las miradas de los demás hombres. No quería ver las miradas lascivas, la excitación, la ansiedad ni la curiosidad que había visto al entrar por primera vez a la tienda. Los únicos ojos que quería sobre mí eran los de Tark. Me gustaba ver brillar sus ojos de calentura. Me gustaba saber que yo le daba ansias, que su curiosidad competía con la mía por él. Eso no me importaba con Tark porque yo era quien lo provocaba y me hacía sentir poderosa, no como una zorra.

¿Era esto lo que había intentado evitar al mantenerme recluida? Odiaba sentir que me ocultaban, que me escondían de los demás. No estaba acostumbrada a eso y ahora sabía por qué. El Puesto Avanzado Nueve era... incómodo, incluso, para Tark. Él había tenido que adaptar sus creencias personales, sus costumbres y sus convicciones a los demás consejeros; lo que ahora era obvio con Bertok y un par de sus seguidores, y yo tendría que hacer lo mismo. Yo había hablado de más y él me había nalgueado para enseñarme las leyes de su tierra. Me sentía afortunada por haber sido castigada antes, ya que así aprendí a mantener mi boca cerrada. De no haberlo hecho, seguramente Tark se hubiese visto obligado a nalguearme frente a todo el consejo. Su posición no solo como mi pareja, sino también como el consejero superior, lo exigía. Él había hablado del palacio, de la ciudad donde vivía. Afortunadamente, nuestra estancia en el campamento era solo temporal.

Pero cuando el guardia llegó con noticias de un accidente, no quise mantener mi cabeza baja ni permanecer oculta. Yo quería hacer mi trabajo.

Tark se levantó inmediatamente y arrancó el poste de la arena, liberándome de mi seudoconfinamiento. Yo me puse de pie de un salto. Tark me tomó por el brazo y me llevó hasta Goran.

—Llévala al harén.

Mientras Goran asentía, dije: —¡No! Yo puedo ser útil.

La habitación se había vuelto un pandemonio. Todos estaban hablando al mismo tiempo; muchos salían de la tienda con guardias a sus alrededores.

—¿Hablas de tu entrenamiento médico? —preguntó Tark, en una voz baja para que solo Goran y yo pudiéramos escucharlo.

Yo asentí. —Aparte, no sabemos si el accidente fue solo eso o si fue algún tipo de ataque.

Tark apretó la mandíbula, pero lo estaba considerando. Aún no había dicho que no. No quería que me enviara de vuelta al harén donde estaría perdiendo mi tiempo e ignorando el mundo allá afuera. Alguien podría morir si yo no ayudaba y eso era algo a lo que se oponía cada parte de mi cuerpo.

—Piensa que podría ser una distracción para alejar a todos del harén —añadí—Tienes que admitir que no le agrado a muchos. Lastimarme a mí significa lastimarte a ti.

A Tark no le gustaron mis comentarios, pero podía ver que él sabía que podían ser una posibilidad muy grande.

—Tark, por favor —le rogué—. Soy más valiosa para este planeta, para ti como consejero superior, para ti como pareja que solo una reproductora. Quizás pienses que soy una asesina, pero tengo talento en lo que hago. Déjame ayudar.

Él se tomó otro momento para decidir. —Muy bien. Te quedarás junto a mí en todo momento. Debes obedecer, Eva. ¿Lo entiendes?

—Lo entiendo.

El corazón me saltó a la garganta al darme cuenta de que me permitiría ir con él. Estaba confiando en mí, permitiéndome ser más de lo que normalmente se esperaba de una pareja. Yo no podía quedarme haciendo artesanías ociosamente y él lo sabía. El emparejamiento, Dios mío, era increíble, ya que Tark sabía cosas sobre mí que otros hombres jamás sabrían o se permitirían descubrir.

—Guardias adicionales. Ahora —les ordenó Tark a los hombres fuera de la tienda—. Síganos.

Tark me tomó del brazo y siguió al hombre que había interrumpido la reunión. Goran nos seguía de cerca, yendo detrás de mí. Serpenteamos entre las personas agitadas por la noticia. Mientras caminábamos, pude ver más del Puesto Avanzado Nueve de lo que había podido antes. Mis suposiciones eran correctas. Todos los hombres eran grandes. Solo había unas cuantas mujeres alrededor, todas junto a un acompañante masculino. Miré a lo largo de una larga línea de tiendas y pude ver casetas similares a un bazar o a una feria a lo lejos. El humo era arrastrado por el viento y los aromas de carne cocinándose, de almendras y de especias extrañas permanecían en el aire. Mientras caminábamos, me quedaba sin aire y mi piel se llenaba de sudor. El sol era intenso, pero no quería bloquear mi vista con la capucha de la bata.

—¿Qué ha pasado? —le preguntó Tark al guardia.

El hombre miró hacia atrás, con expresión funesta.

—Davish se dirigía con su contingencia hacia la sección sureña del líder cuando los atacaron. Solo llevaban mitad del camino cuando sucedió el ataque. Los que sobrevivieron regresaron, sabiendo que su mejor oportunidad para recibir ayuda estaba aquí. Los centinelas los vieron regresar y pidieron ayuda.

—¿Drovers? —preguntó Tark.

—Seguramente. Ya se han ido, pero se envió un escuadrón a su caza.

Las diferencias entre Tark el amante y el consejero superior eran impresionantes. Si bien conmigo era dominante y mandón, su tacto, su voz e incluso las estocadas de su polla eran deliberadas, pero gentiles. Nunca le temí. Sin embargo, al ver ahora las tensas líneas de sus hombros y al estar consciente de su poder, se veía como otra persona. Estaba en guardia, listo para defenderse de lo que se enfrentara.

Salimos de entre dos tiendas y el horizonte se amplió. Al mirar a la izquierda y la derecha, se podía ver el límite externo del puesto avanzado, el cual estaba conformado por una larga línea de estructuras temporales idénticas. Era una gran ciudad en el medio de la nada, por lo que podía ver frente a mí. Yo había estado en el desierto del suroeste con una amiga de la universidad durante un descanso vacacional. El paisaje era árido y pobre. No había árboles, a diferencia de cómo estaba acostumbrada al haber crecido en las afueras de la capital del país. El cielo en Arizona era grande y azul; las formaciones rocosas eran de tonos naranjas y rojos. Ese era el único desierto que había visto, la única cosa con la que podía comparar esto. Pero el desierto de aquí, de Trion, era completamente distinto a cualquier cosa que hubiese visto.

La arena era blanca, como en la playa, un océano infinito que continuaba por millas y millas en todas las direcciones. Había arbustos púrpuras, rojos y marrones que se esparcían por todo el paisaje ondulado y algunas formaciones rocosas irregulares interrumpían el recto horizonte. Lo que me hizo suspirar fueron las dos lunas que podía ver en el cielo: una era blanca y la otra era de color rojo sangre. Solo podía observarlas fijamente, colocando mis manos sobre mis ojos para protegerme de su resplandor. Pero no por mucho tiempo.

El guardia señaló a nuestra derecha y pudimos ver un pequeño grupo de personas y de animales grandes. Pensé inmediatamente que debían de ser como camellos ya que estábamos en el desierto, pero en realidad se parecían más a caballos de pelo largo. Unos hombres mantenían las correas de los animales, que habían sido colocados en un círculo protector que rodeaba a las personas que yacían tendidas sobre el suelo. Tark se abrió paso hacia el centro y me llevó con él.

Pude contar rápidamente, mi entrenamiento estaba empezando a hacer efecto. La adrenalina familiar corría por mis venas. Había ocho personas sobre el suelo, tanto hombres como mujeres. Algunos se revolcaban, claramente lastimados y adoloridos; otros permanecían quietos. Uno se veía obviamente muerto desde donde yo estaba, había materia gris saliendo de una fisura en su cráneo.

Uno de los hombres vio nuestra llegada, se levantó de su lugar junto a una mujer herida y se acercó rápidamente a nosotros.

—Consejero superior. —Asintió respetuosamente—. Tenemos un muerto, tres a punto de morir y los demás tienen heridas no fatales. Infortunadamente, nuestras sondas y escáneres no pueden arreglar la severidad de algunas heridas.

—Algo está mal. ¡Ella está sangrando mucho!

Giramos hacia el lugar de donde provenía el grito. Otro hombre estaba arrodillado junto a la mujer herida.

—Acaba de comenzar y no puedo detenerlo. ¡La vara ReGen no funciona! —Él estaba entrando en pánico, con ojos sorprendidos al ver cómo la sangre fluía de la herida en su muslo. El hombre agitó un pequeño dispositivo sobre la herida, pero esta vez no hubo una luz azul y no pude ver mejoría alguna.

—Esa es una hemorragia arterial. Tengo que ayudar.

Una mano sobre mi brazo me detuvo.

Alcé la mirada para ver a Tark. —Puedes azotarme todo lo que quieras después, pero debo ayudar. Ahora. Ella morirá en un minuto si no detenemos el sangrado. —Le di un tirón a mi brazo para soltarme de su agarre.

—Los casos severos se pueden llevar a la unidad médica —dijo Tark.

—Morirán antes de llegar y no tenemos cápsulas de

revitalización —respondió el hombre. ¿Acaso no había visto una hemorragia arterial antes?

—*Fark* —susurró Tark.

Tiré aún más fuerte de su agarre al ver cómo la sangre teñía la arena debajo de la persona herida. —Yo puedo ayudar, pareja idiota. Soy una maldita médica. Mi *trabajo* es ayudar.

—¿Usted? —preguntó el otro hombre, sorprendido.

O Tark me había soltado o yo había sido capaz de liberarme. No respondí al recalco del hombre, sino que en cambio dije: —Ella necesita un torniquete inmediatamente. —Caí de rodillas en la arena para evaluar la herida. No alcé la mirada cuando dije en voz alta: —Necesito unas tenazas sencillas, una aguja e hilo.

Los tres hombres pausaron brevemente.

—¡Ahora! —grité—.

—Búsquenle lo que necesita —ordenó Tark y procedieron a hacer lo ordenado.

Tomé el largo dobladillo de mi bata y le arranqué una tira de la parte baja. Colocándola debajo de su pierna, la envolví alrededor de su muslo por encima de la inmensa brecha de donde salía la sangre. No tenía idea de cómo había sobrevivido desde el ataque. Mi único pensamiento era que la mujer se había lastimado más en el camino. Halando la tira, le hice un nudo apretado por encima del corte, lo que logró cortar la circulación de sangre.

—Su arteria femoral está rajada. Quizás el moverla la empeoró y eso la desgarró. —No importaba cómo había sucedido, lo importante era arreglarlo. Esta vez me sentí agradecida por la corta longitud del habitual vestido estilo enaguas que usaba, cuya parte baja estaba casi cubierta de sangre. La bata que llevaba era casi parecida a la mía, pero esta no la cubría, sino que estaba extendida en el suelo debajo de ella.

Metí mis dedos en la brecha y rápidamente conseguí llegar al lugar cortado. —Denme las pinzas. —Alcé la mirada y Tark estaba encima de mí, cubriendo mis ojos del sol. Era una oscura silueta sobre mí, pero yo sabía que era él—. Pinzas —repetí—. Algún tipo de abrazadera o algo para mantener la arteria cerrada mientras coso el agujero.

Antes de poder moverme, el hombre que había ido hasta nosotros llegó corriendo y me entregó algo similar a unas pinzas. —Esto debería funcionar bien. —Con dedos resbaladizo, pude cerrar la arteria—. Necesito que alguien más las sostenga.

Tark se arrodilló a mi lado, chocando con mis hombros, y las mantuvo en su lugar. —Mantenlas cerradas.

—¿Aguja e hilo? —pregunté.

Aparecieron a mi izquierda, con el hilo ya insertado en la aguja y preparada para la acción. Acercándome a la mujer, cuidadosa y metódicamente cosí el pequeño agujero. Solo me tomó unas cuantas puntadas, pero esos pequeños nudos eran la diferencia entre la vida y la muerte.

—Suelta las abrazaderas, pero no las remuevas. Necesito que estés preparado para aplicar la presión nuevamente en caso de que las suturas no se mantengan.

Tark soltó las abrazaderas y vimos que las suturas se

mantuvieron en su lugar. Sabía que había hombres mirándonos, pero ellos no me importaban. Mi único interés era que la arteria de la mujer permaneciera cerrada.

—¿La pueden reparar con esa... cosa que parece una vara en la unidad médica? —pregunté, con mis manos directamente sobre la brecha, preparada para añadir más suturas de ser necesarias.

—Sí, ahora que se detuvo la hemorragia.

No supe quién fue el que me habló, solo sabía que estaba a mi izquierda.

—Utilicen la Vara ReGen en ella antes de intentar moverla. Cúrenla tanto como puedan para que la herida no vuelva a abrirse. Solo cuando se haya reparado la arteria es que quitaran el torniquete. Pero háganlo rápido o perderá la pierna. —Sacudí mi mano ensangrentada en el aire—. Curen la arteria o sean muy, pero muy cuidadosos cuando la lleven a esa cápsula de la que estaban hablando.

Varios hombres tomaron mi lugar junto a la paciente. Fue entonces cuando pude ver algo más que la horrible herida y pude ver su rostro. Reconocí que era Mara. Estaba cubierta hasta los codos de su sangre. Me alegraba saber que lo lograría. Quizás había sido toda una perra, pero no por eso merecía morir.

Le di la espalda una vez que estuvo estable y que fue atendida. —Se ha hecho la *triage* de los pacientes, ¿quién sigue? —Alcé la mirada esperando una respuesta. Cuando nadie respondió, dirigí mi mirada a los demás heridos—. ¿Quién morirá si no se le atiende inmediatamente?

Una mano señaló a alguien detrás de mí y giré para atender al siguiente paciente. No sé por cuánto tiempo trabajé, pero me tomó algo de tiempo estabilizar a un hombre con un pulmón perforado. Utilizando una simple película de una sustancia parecida al plástico que estaba unida a una extraña tabla sujetapapeles electrónica, pude sellar de forma improvisada la herida para que el hombre pudiera respirar mejor. Una vez estabilizado, lo llevaron a la unidad médica a por la vara ReGen. No sabía lo que era una cápsula de revitalización, pero sonaba como algo que me gustaría ver.

El resto de los heridos había sido llevado en camastros sencillos a la unidad médica. Arreglé una pierna rota, pero los dispositivos de Trion la curaron mejor de lo que yo hubiese hecho con un yeso, lo que no podía hacer en medio del desierto, sin importar cuán buenas fueran mis habilidades.

Después de que se llevaron a los últimos heridos, Tark se me acercó, junto con otros hombres. Yo debía ser algo digno de ver. Tenía sangre hasta los codos; mi bata tenía el dobladillo roto y me colgaba de los hombros, además de tener manchas de sangre en la parte frontal de mis enaguas. Estaba sudando y mi cabello se me pegaba a mi frente y cuello mojados.

Estaba cansada, acalorada, hambrienta y la adrenalina ya se me había pasado, dejándome con un humor en el que no soportaría que me llevaran de vuelta al harén, que me ataran a un palo o que me dijeran que era una asesina. Inflé las narices cuando el hombre que se había dirigido a nosotros habló.

—Soy el doctor Rahm. Eso fue bastante impresionante.

Alcé mi cabeza hacia el hombre, sorprendida.

—El consejero superior Tark me dijo que era médica en la Tierra. Verla trabajar fue increíble. Sus habilidades de campo van más allá que las de cualquier técnico médico aquí en Trion y estoy agradecido de que estuviera aquí para ayudar. Temo que nos hemos vuelto muy dependientes de nuestra tecnología. Gracias por ayudarnos hoy.

Yo aclaré mi garganta, la tenía muy seca y estaba sedienta. —Gracias.

—Escuché que los primeros heridos se han recuperado completamente en la unidad médica; los otros están por completar su revitalización. Incluso la mujer con la pierna herida.

No podía evitar sonreír al saber que mis habilidades habían sido de ayuda, que personas habían sobrevivido gracias a mí.

—¡Qué bueno es oír eso!

El hombre me miró con curiosidad, pero no como los hombres del consejo.

—Me gustaría hablar más con usted, ya que quizás nos podría enseñar algunas de sus habilidades. Las puntadas que hizo en las suturas...

—Doctor Rahm, mi pareja está obviamente exhausta.
—La protectora voz de Tark interrumpió al hombre—. Podrá hacerle preguntas en otro momento. Ella necesita una unidad de baño y comida o, en cambio, será ella quien necesite la revitalización.

Él dio una leve reverencia. —Por supuesto. Me disculpo. No he visto a nadie con su habilidad aquí en Trion.

—Programaré una reunión entre ustedes, si estás de acuerdo con eso, Eva.

Tark me estaba dando la autoridad a mí, lo que era sorprendente. Él había sido el controlador en la relación. Yo había sido la sometida. Este cambio era una sorpresa.

—Sí, por supuesto.

—Hasta entonces, gracias. —El hombre dio una reverencia, pero no hacia Tark sino hacia mí y se alejó.

Tark se me acercó para susurrar en mi oído. —Al parecer, *gara*, no me has cautivado solo a mí.

8

Mi pareja me tenía completamente impresionado. De vuelta en mi tienda, la ayudé a sacarse la ropa ensangrentada, dejándola caer en una sucia pila a sus pies. Pensé en ella mientras ayudaba a las personas heridas. La forma en la que hábilmente salvó la vida de Mara había sido intimidante, estimulante e intensa.

Una vara ReGen no hubiese sido capaz de enfrentarse a una herida de ese tamaño. Las habían creado para pequeños cortes y raspaduras, para cosas que no necesitaran el uso completo de las unidades de regeneración. El doctor Rahm no había sido capaz de ayudar a Mara. Las personas no solían morir en Trion por la clase de herida que Mara tenía. Teníamos herramientas que podían resolver la mayoría de las emergencias de forma rápida y eficiente. En este caso en particular, combinando la locación remota y otros factores, las herramientas no hubiesen tenido efecto. Lo que se necesitaba eran las habilidades que Eva tenía, eso era lo que nuestros médicos debían aprender. El ondear dispositivos médicos alrededor solo ayudaba hasta cierto punto. Quizás esto era un tema para el consejo superior. Si las prácticas habilidades de Eva podían salvar de la muerte a una persona en Trion, entonces valía la pena enseñárselas a nuestros técnicos médicos.

Le abrí la puerta de la cápsula de baño a Eva y programé la unidad para que ejecutara el ciclo de limpieza completo. —Recuerda cerrar los ojos —le murmuré, recordando la primera vez que había usado la máquina y que no había sabido qué hacer. Había sido una experiencia atemorizante para ella. Ella me había dicho la forma en la que se bañaban en la Tierra y, si bien era arcaica, la idea de pasar mis manos enjabonadas por su cuerpo desnudo me ponía la polla dura—. La sangre se saldrá y estarás limpia sin necesidad de frotarte.

Esta vez se había comportado de forma mucho más dócil, una mezcla de familiaridad y de cansancio.

Yo había batallado muchas veces y recordaba la sensación de la tensión en el aire. Las apuestas altas. Era la vida o la muerte y el flujo de la adrenalina en mi sangre me mantenía casi drogado por horas. Luego, se desvanecería y me sentiría drenado, como si la unidad de baño me hubiese quitado mi energía.

Si bien Eva no había estado en batalla, ella había estado perfectamente segura junto a los guardias a su alrededor y junto a mí, tuvo una reacción similar. Había ayudado a los demás y ahora me tocaba a mí cuidar de ella.

Una vez finalizado, salió de la unidad de baño sin una sola gota de sangre encima. Su belleza era impresionante. Su mente, su inteligencia era impresionante. Ahora me encontraba más maravillado por mi pareja que antes.

—Quédate quieta, *gara*.

Tomando mi cadena, cuidadosamente desaté los eslabones que estaban unidos a los aros en los pezones, primero de un lado y después del otro.

Ella me observó, para luego alzar la mirada y fruncir el ceño. —¿Por qué haces eso? ¿Me... vas a regresar? —El miedo drenó todo el color de sus mejillas.

—Oh, *gara*, no. —Acaricié esa suave y pálida piel con mi dedo—. Quiero adornarte de otra manera. Me has complacido hoy. Me hiciste verte a ti... a mí... de forma diferente.

Tomé su mano y la llevé a mi cama, la hice sentarse en el medio sobre mantas y pieles. Levantando la tapa de mi pequeño baúl junto a la cama, saqué las gemas y las sostuve frente a ella.

—No conozco las costumbres de la Tierra, pero el hombre en Trion adorna a su pareja con joyas.

Ella asintió. —En la Tierra suele usarse un anillo.

Le eché un vistazo a sus dedos sin adornar. Dedos que tan solo unos momentos antes habían estado bañados de sangre. En ese momento me di cuenta de algo importante. Quizás lo había sabido todo este tiempo, pero sus acciones lo confirmaron el día de hoy. Ella tenía las manos de una sanadora, no de una asesina.

—Tú no eres una asesina.

Ella frunció el ceño, con una V profunda formándose

en su frente. —¿Qué tiene eso que ver con joyas? —me preguntó.

Observé las verdes gemas en mi mano. —Nada. —Mis ojos se encontraron con los suyos—. Tu crimen. Dijiste que habías cometido un asesinato.

Ella no me respondió ya que yo no había hecho una pregunta.

—Eso no es cierto, ¿verdad? El emparejamiento, eso sí es cierto. Nuestra conexión... —señalé entre nosotros— ...no es una mentira.

Sus ojos se llenaron de lágrimas. —No. No somos una mentira

—¿Y lo demás? —pregunté, con voz gentil. Sentía que el peso de Trion yacía en su respuesta.

—Mentiras —susurró, al mismo tiempo que una lágrima corría por su mejilla. La limpió con el dorso de su mano.

Yo suspiré, inminentemente complacido.

—Cuéntamelo. Cuéntamelo todo.

Me senté sobre la alfombra frente a ella mientras me contaba lo que había ocurrido.

—Yo trabajo en un hospital, en una unidad médica, en la Tierra. La gente va allá si están enfermos o lastimados, como los heridos de hoy. Yo salvo vidas. Ese es mi trabajo. Una noche llegó alguien que había recibido un disparo. —Ella me describió lo que eso significaba, el tipo de arma que se había utilizado—. Se le había estabilizado y se le había preparado para llevarlo a la habitación. En la Tierra, la curación puede tardar días o semanas. Mientras él estaba esperando, alguien llegó al hospital y lo mató. Él era parte de una familia criminal, una familia que hace cosas malas, y se necesitaba su muerte para saldar alguna clase de conflicto entre las familias. Esa parte de la historia no es importante, solo que yo fui la única testigo, yo vi al asesino a través de la cortina que separaba su cama de las demás.

Apreté fuertemente las gemas en mis manos. La idea de que Eva se hubiese encontrado tan cerca de un asesino, un asesino real, me había preparado para transportarme a la Tierra y cazar al hombre.

—Él no me vio, él no sabía que yo estaba allí. Cuando la policía llegó, nos interrogaron a todos y fui capaz de identificar al hombre. Resultó que lo buscaban por muchos otros crímenes similares, pero nunca lo habían condenado por ninguno. Era un asesino conocido, con muchas muertes en su haber. Y yo soy la única que puede detenerlo. Mi testimonio lo mandaría a la cárcel, destruiría una familia criminal muy poderosa y con buenas conexiones.

El miedo me embargó al presentir el curso de la historia. Sabía lo que ella diría a continuación.

—Por lo que te enviaron lejos para que el asesino no te encontrara.

La habían enviado hasta Trion.

Ella asintió. —La única forma en la que podía hacer eso era uniéndome al Programa de Novias Interestelares como criminal. En la Tierra, las peores criminales son despachadas y mi emparejamiento se hizo rápidamente.

Estaba enojado. Incluso furioso. Eva se había visto en la obligación de dejar su vida, dejar su planeta porque había presenciado un crimen. —Tú eres la inocente en vez de ese *fark*, pero tú fuiste la que terminó como criminal, como asesina. Lo que Bertok y los demás te dijeron.

Me tragué toda la amarga ira que subía por mi garganta.

—Sí, pero me emparejaron contigo —contestó ella.

La miré con intensidad. Ella tenía razón. Habíamos sido emparejados por este hecho al azar. De otra manera, nunca hubiese sucedido. *Nunca* hubiese sido una criminal, por lo que nunca la hubiesen metido en el Programa de Novias Interestelares. ¿Había sido el destino? Para mí, eso parecía ser.

—Entonces no importa. Nada importa. Estás aquí, a salvo y lejos de lo que te pone en peligro en la Tierra.

Ella se colocó de rodillas para acercarse a mí. Sus pálidos ojos se veían desalentados en vez de aliviados.

—Tengo que regresar.

Me levanté abruptamente. Sus palabras me lastimaron como un golpe en el plexo solar. —¿Qué?

Ella no podía simplemente irse. Acababa de llegar. Yo acababa de encontrarla. Ella era mía y no la regresaría.

—Tengo que testificar. Tengo un nódulo de transporte personal implantado en mi cráneo. —Llevó su mano a un lugar detrás de su oreja—. Cuando llegue el momento, me transportará de regreso para testificar. Por lo general, todos los emparejamientos con novias de la Tierra son permanentes, pero eso no me pasará a mí. Planean llevarme de regreso a la Tierra para el juicio. Tengo que regresar.

—¿Cuándo? ¿Por qué no me lo dijiste?

—No sé cuándo. Dijeron que el juicio sería en un par de meses. Se suponía que debía mezclarme aquí en Trion y esconderme hasta que me llamaran.

—No. No te regresaré. Solo haz que el doctor Rahm saque el nódulo.

Ella negó con la cabeza lentamente. —No funciona de esa manera. Fue parte del acuerdo. Querían mantenerme viva para testificar. Obviamente, yo quería seguir con vida, así que acepté. No sabía a dónde me enviarían ni a quién. No sabía nada, al igual que tú. Hice que aceptaran llevarme de regreso, no solo para testificar y poner al hombre en la cárcel, sino también porque necesitaba una forma de regresar a casa.

Mi corazón latía con tanta fuerza que estaba seguro de que Eva podía escucharlo. Me dolió la idea de que ella estuviera a tantos años luz de distancia. Ni siquiera me había gustado que estuviera en el harén al otro lado del puesto avanzado.

—¿Y ahora? ¿Quieres ir a casa?

—No..., no lo sé.

Estaba conforme con su indecisión. Ella no dijo que sí. No se puso de pie con un salto de felicidad en anticipación de regresar a la Tierra. Se veía perdida y confundida. Si quería quedarse, entonces estaría renunciando a su mundo, a su forma de vida, para siempre. Como convicta, no tenía otra opción, pero Eva supo desde el principio que podía regresar a casa. Eso la tenía muy confundida.

Mi trabajo sería influenciarla, hacer que se quedara. Quizás pudo leer mis pensamientos, porque dijo: —Tengo que irme. No tengo elección La tecnología de transporte me llevará de regreso. Ni siquiera sé cuándo va a suceder.

Tenía que haber una manera. Tenía que descubrir cómo mantenerla aquí. Por ahora, tenía que demostrárselo, tenía que hacer que sus dudas desaparecieran. Ella tenía que saber que era mía. Se lo había dicho una y otra vez, la había empujado, la había intimidado, incluso, a la idea. Ahora era el momento de mostrarle mis verdaderos sentimientos, de convencerla de quedarse a través de la conexión que compartíamos.

Me moví hacia la cama, tomé su barbilla y la alcé con los dedos para que sus ojos se encontraran con los míos. Retenida. —¿Es Eva realmente tu nombre?

—Sí.

—No importa que el programa de novias nos haya emparejado. Todo lo que importa es lo que pensamos. Sé que eres mi pareja perfecta. Puedo *sentirlo*.

Las lágrimas cayeron por sus mejillas. Me arrodillé ante ella y abrí mi palma.

—La cadena entre tus senos te marcó como mía para que todos lo vieran, pero era un símbolo de mi poder sobre ti. Lo presenciaste de primera mano en la reunión anterior. Si bien les demostré mi posesividad a los consejeros, tú pagaste el precio.

Coloqué una de las gemas verdes en el anillo de su pezón derecho, luego la otra en el izquierdo.

—Ahora te he marcado nuevamente como mía. Sin embargo, espero que... —Levanté la mirada de sus pezones a sus ojos— ...uses estos porque estás orgullosa de ser mía. Demuestran que soy todo tuyo a cambio.

Ella se veía aún más encantadora sin la cadena. Las gemas hacían que su pálida piel resplandeciera y hacía que su cabello brillara como el fuego. Mi polla palpitaba en mis pantalones, recordándome que, aunque mi corazón quería decirle mis sentimientos, mi polla quería *demostrarlos*.

—Es demasiado —respondió ella.

Fruncí el ceño y tomé sus dos pechos. —¿Son demasiado? ¿Duelen? —Su piel era como la mejor de las sedas; mis palmas se sentían ásperas y se veían oscuras sobre su tierna piel.

Ella negó con su cabeza. —Las gemas. Son preciosas.

Mi preocupación se alivianó. —*Tú* eres preciosa. —Entonces sonreí, listo para cambiar de estado de ánimo. No solía compartir mis sentimientos con otros, si es que llegaba a hacerlo, y estaba dispuesto a utilizar mi tiempo con Eva para actividades más carnales.

—¿Los anillos que usabas hacían esto? —Agité mi mano en frente de las gemas y comenzaron a vibrar. La pieza que unía la gema al anillo era un estimulador que yo podía controlar.

—Vaya —jadeó ella—. Tienes... tienes muchos tipos diferentes de juguetes.

—¿Juguetes? ¿Como los de los niños?

Ella cerró sus ojos y sacó sus pechos. —No, juguetes para... para el sexo. Como las estimuesferas.

Acaricié la parte inferior de un pecho y ella me miró.

—Mmm, creo que esas te gustaron demasiado, especialmente si las consideras un juguete. ¿Te gustan los juguetes para el sexo? —Si bien estábamos emparejados, tenía mucho que aprender.

—Nunca los había usado con otra persona antes, hasta ahora; creo que sí.

Me gustó cómo redactó esa frase. Me llevó a creer que la mujer era mucho más aventurera en sus deseos de lo que ella misma creía. Tal vez nunca había tenido la oportunidad de poner a prueba sus límites, lo que yo, definitivamente, le brindaría ahora. —Eva, *eres* una chica mala. —Sonreí. Apoyado sobre un codo, extendí un brazo por el costado de la cama hacia el pequeño baúl nuevamente. Arrojé una variedad de juguetes para el sexo sobre la cama.

—Ten, tienes permiso para jugar con estos mientras estoy en el tubo de baño, pero no te puedes correr. Tu placer me pertenece. —Cogí uno de los juguetes sexuales y se lo di, para luego irme a bañar.

A mi polla no le importaba si estaba limpia o no, pero quería darle unos minutos para que jugara con los objetos antes de usarlos todos y cada uno de ellos con ella.

———

—¿No has encontrado uno que te guste? —preguntó Tark, saliendo de la unidad de baño. Levanté la vista de la selección de juguetes sexuales espaciales y se me secó la boca. Aún no había visto a Tark completamente desnudo. De pie ante mí se encontraba un guerrero. Tenía un aspecto letal, tan oscuro y amenazante, con su tamaño y sus formidables músculos, nadie era rival para él. No es de

Pareja asignada

extrañar que me sometiera a él tan fácilmente. Simplemente irradiaba poder y, a juzgar por la forma en que mi coño comenzó a hincharse y suavizarse para él, estaba bañado de feromonas.

—Vaya, yo... mmm.

Él sonrió ante mi pérdida de palabras. Usando su barbilla, me señaló lo que había dejado olvidado en mi mano. —¿Quieres que te diga qué son esos o te lo demuestro?

Eché un vistazo a los extraños artilugios. Uno parecía un consolador, pero tenía forma de orbes escalonadas, angosto en la parte superior y más ancho en la parte inferior, donde mi mano lo agarraba. El otro tenía forma de U y estaba hecho de un metal liso, no tenía idea de cómo funcionaba ni en dónde iba. No pude hacerlo vibrar ni nada.

Me lamí los labios. —Demuéstramelo.

Acercándose a la cama, gateó hasta estar a mi lado y me la quitó. Mirando hacia abajo, tocó una de las gemas en mis pezones. —¿Te gustan?

—Mmm —murmuré. El peso de las gemas era mucho menor al de la cadena y me sentía casi desnuda sin ella. Pero la cadena no había vibrado, no había hecho nada en absoluto, excepto ejercer un tirón constante. Las gemas hicieron que mis pezones se volvieran puntas endurecidas casi instantáneamente después de que Tark comenzara las vibraciones. Tocar mis pechos, ni siquiera presionar los pezones con mis palmas, disminuía el dolor causado por las gemas. No estaba segura de cuánto tiempo podría durar con una tortura tan simple. Ahora el hombre quería usar unos juguetes extraños conmigo. No estaba segura de si iba a sobrevivir. Pero quería intentarlo

—Ponte sobre tu vientre.

Cuando lo cuestioné abriendo los ojos, me dijo: —Recuerda, *gara*, te trataré como a una igual fuera de estos muros, siempre y cuando tu seguridad no esté en peligro, pero cuando se trata de follar, te someterás a mí. Siempre.

Su voz era amable, sin embargo, escuché la orden allí. Él se había hecho a un lado e hizo lo que le ordené mientras atendía a Mara, dio un paso atrás y me permitió hacer mi trabajo hasta que todos los pacientes fueron atendidos. Yo había estado a cargo y él había aceptado eso. Pero aquí, en esta tienda, él era el dominante. Lo permití no solo porque era cierto, sino porque lo quería de esa manera. Quería que Tark me dijera qué hacer, que tomara el control, que me atara y que se saliera con la suya. Incluso quería que me azotara. Esto me excitaba, me complacía. Llenaba una necesidad dentro de mí que no sabía que tenía. Las pruebas del programa de novias habían vislumbrado los lugares más profundos dentro de mí, los lugares que había escondido incluso de mí misma. Por lo tanto, no lo cuestioné. En cambio, me di la vuelta, teniendo cuidado con las gemas sobre las mantas.

—Apóyate sobre tus codos si lo necesitas. De hecho, me gustaría que lo hicieras, porque me gusta verte adornada con tanta gracia.

Con mi peso en mis antebrazos, mi espalda estaba arqueada y mis pechos sobresalían. Sí, basada en la forma en que sus ojos se oscurecieron y sus párpados se entrecerraron, a él le gustó. Me sentía... hermosa.

Su mano descendió por mi espalda, tocando el arco de mi columna vertebral hasta que tocó una nalga.

—Tan perfecto...

—No vas a nalguearme, ¿verdad? —pregunté, tensándome y esperando el primer golpe resonante de su palma. Sentí que mi coño lloraba ante la idea.

Sus ojos pasaron de mirar su mano a mi cara. —¿Quieres que lo haga?

Negué con la cabeza, aunque había un poco de falsedad.

Levantó el juguete orbital. —Esto, esto te llenará el culo, te abrirá para que entre mi polla.

Mis ojos se agrandaron, viendo el juguete de una manera completamente nueva.

Sonriendo, lo colocó sobre la cama y sostuvo la U. —Este entonces. —Lo colocó entre los dos hoyuelos de la parte inferior de mi espalda. —Durante la primera follada, te toqué aquí. —Deslizó sus dedos hacia abajo entre la costura en mi trasero y por mi entrada trasera—. No, *gara*, no te pongas tensa. Relájate.

Retiró su mano mientras buscaba algo en la pila de juguetes que había dejado sobre la cama. Era un vial de algún tipo y cuando cambió su posición para poder usar ambas manos, comencé a preocuparme. Tenía una idea de lo que iba a hacer, para qué era, lo que me tenía aprensiva y ligeramente excitada al mismo tiempo. Mientras volcaba el vial boca abajo, una gota de líquido transparente salió de la punta y goteó sobre sus dedos. El olor era familiar. Almendras.

Sabía dónde irían los juguetes e intenté relajarme.

Miré por encima de mi hombro para verlo usar una mano para separar mis nalgas y sentí que el fluido resbaladizo me cubría *allí*.

Mientras hacía círculos suavemente, muy ligeramente, muy lentamente, me murmuró—: Shh, buena chica, respira. Sí, relájate. Te corriste cuando mi dedo estaba dentro de ti. Imagina cómo se sentirá cuando mi polla esté enterrada profundamente. Esto es mucho más pequeño que ese otro juguete. Diferente. Créeme.

Confiaba en él, pero no pude evitar apretar el culo ante la idea de que su polla me llenara… allí. Él se rio de mí, pero no me provocó nada. Bueno, no por eso. Me estaba *provocando* mucho su atención.

Tomó el vial y lo colocó directamente contra mi abertura virgen, dejando que la punta se asentara dentro de mí. Era muy pequeño, así que incluso cuando lo apreté, fue capaz de entrar. Sentí que el calor se filtraba dentro de mí. El dulce aroma era fuerte, lo suficientemente fuerte como para hacerme recordar el sueño del centro de procesamiento. Dios, ¿había soñado el olor a lubricante anal?

—Esto te aceitará, *gara*, nunca te lastimaré. Eso es. ¿Sientes eso? Sí, es cálido y le facilitará el camino a mi dedo, o al juguete y, especialmente, a mi polla.

No sabía cuánto líquido había puesto dentro de mí, pero lo sentí llegar bastante lejos, el calor del mismo fue una sorpresa. No dolió en absoluto, pero ahora sabía la profundidad a la que él tenía la intención de llenarme. Con suerte me prepararía usando algo más que solo agregando lubricación.

Tal vez parte del emparejamiento incluyó la lectura de la mente, porque dijo: —Hoy no habrá polla, *gara*. No estás lista... todavía. Muy pronto. Pronto me tendrás en todas partes. Reclamaré cada parte de ti.

Me quedé sin aliento ante la idea y el tono ansioso de sus palabras. Me quitó el juguete de mi espalda baja y me abrió una vez más. Esta vez, en lugar de su dedo, sentí el frío metal presionar mi entrada. Hacía círculos con él y lo presionaba al mismo tiempo que continuaba susurrándome. Palabras de elogio, palabras de deseo y eso me relajó, hizo que el objeto entrara en mi culo, abriéndome en el proceso.

Tark no había terminado una vez que lo introdujo allí, porque ahora sabía por qué tenía forma de U. El otro extremo se deslizó fácilmente y sin ningún tipo de empuje en mi coño. Entró cada vez más y más hasta que estuve llena adelante y atrás con metal duro. No era tan grueso como Tark, así que cuando mi cuerpo apretó el objeto extraño, supe de inmediato que no era suficiente.

Tark acarició mi trasero con su mano. —¿Cómo se siente?

Lo miré; el guerrero se había transformado en amante. Su polla se elevaba gruesa y orgullosa de su cuerpo y sabía que él deseaba estar completamente dentro en mi en lugar del juguete.

—Está... profundo. Pero no es tan grande como tú.

Él sonrió maliciosamente. —Halagos, *gara*. Me gusta. ¿Pero puede mi polla hacer esto?

De repente, el metal comenzó a vibrar.

—¡Mierda! —chillé, mis brazos se derrumbaron y caí

sobre la cama—. ¿Acaso... acaso todo vibra en Trion? —pregunté, jadeando.

No podía quedarme quieta. Tenía que moverme, porque el juguete U estaba tocando cada punto sensible dentro de mí, algunos que ni siquiera sabía que tenía. Sentir algo profundo en mi culo debería haberse sentido mal, pero se sentía como la gloria. Esto, esto era como mi sueño El placer intenso, el aroma de almendras. Oh, Dios mío, iba a correrme. Puse el trasero en el aire, lo sacudí, caí a un lado y agarré mis pechos, tratando de aliviar el dolor en ellos.

—¡Tark! —gemí.

Me vio retorcerme en la cama con avidez, claramente satisfecho de sí mismo.

—Amo —dijo, su voz era un gruñido profundo.

Él me colocó sobre mi espalda, abrió mis piernas y se colocó entre ellas. Él no era gentil, pero yo no necesitaba gentileza. Las sensaciones eran increíbles y estaba muriendo de una muerte dichosa. El sudor estalló en mi piel y mi corazón retumbaba. Apenas podía recuperar el aliento y mucho menos gritar.

Mis ojos se habían cerrado y estaba perdida en el placer. Esa fue la razón por la que no supe que él pondría su cabeza entre mis muslos hasta que sentí su boca sobre mi clítoris. Levanté mi cabeza y lo miré a lo largo de mi cuerpo. Él me estaba mirando, su boca brillaba y estaba mojada con mis jugos.

—Amo —gemí.

—¿Quieres correrte, Eva?

Movió su lengua sobre mi clítoris; su cálido aliento

abanicando el sensible capullo. Con sus manos, me tomó por las caderas, deteniendo mi retorcimiento.

—Sí.

—Dilo.

—Quiero correrme... amo.

—Buena chica. Puedes correrte ahora.

Puso su boca sobre mí y chupó; su lengua revoloteaba mientras que de alguna manera tiraba de mí. No tenía idea de lo que estaba haciendo y no me importaba. Era tan hábil con su boca como con sus dedos y su polla.

Me corrí con un grito. Fue tan fuerte que mis muslos apretaron la cabeza de Tark. Seguramente rompería su cráneo como una nuez de árbol, pero no me importó. Las vibraciones en mi culo eran tan increíbles que las lágrimas corrieron por mis mejillas. No podía soportarlo. Era demasiado. Entre mi culo, mi coño y el ataque despiadado de Tark contra mi clítoris, volví a correrme. Luego, otra vez

—Detente. ¡Detente! —grité. Iba a morir de placer.

De repente, las vibraciones del juguete U y de las gemas en los pezones disminuyeron gradualmente, luego se detuvieron por completo. Tark continuó lamiéndome el clítoris, pero suavemente, como para relajarme.

—¿Eso es todo lo que tu cuerpo puede darme, *gara*?

—Sí. —No podía respirar, no podía pensar. Estaba fuera de mí, mi cuerpo no era mío, era suyo.

—Sí, ¿qué? —Mordió mi clítoris con sus dientes, gentilmente, y gemí, mi cuerpo era una masa retorcida de nervios altamente estimulados.

—Amo. Sí, amo. —Él era el amo de mi cuerpo, y ahora,

me temía, amo de mi corazón también. Yo confiaba en él. Me hacía sentir segura y cuidada, protegida y adorada. Con él, no tenía que esconder mi deseo o mi fuego, en sus brazos podía liberarme de todo. Podía caerme y él me atraparía.

—¿A quién le pertenece tu placer, Eva?

¿Era esta una pregunta capciosa? Sacó el juguete dentro de mí hasta la mitad, luego lentamente lo volvió a empujar hacia adentro. Mis caderas se levantaron hacia su boca por propia voluntad. Mi cuerpo era como un instrumento exactamente afinado y él me estaba tocando.
—A ti, amo.

—Sí, a mí. —Sonrió, justo antes de volver a encender las vibraciones—. Y yo te diré cuando hayas tenido suficiente. —Tark sacudió el juguete y atacó mi clítoris con su boca, succionándome y follándome con el juguete hasta que me tensé sobre la cama como la cuerda de arco, incapaz de resistir su dominancia carnal sobre mi cuerpo mientras me obligaba a llegar otra vez a mi límite. Incapaz de gritar, gimoteé cuando alcancé mi liberación con la furia de un tornado desgarrando mi cuerpo.

Antes de que pudiera recuperar el aliento, él sacó el juguete de mi bien usado cuerpo y lo arrojó a un lado. Poniéndose de rodillas, Tark se arrodilló entre mis muslos extendidos. Agarró una de mis manos, la levantó sobre mi cabeza y luego la otra, sosteniéndolas firmemente en su lugar mientras las aseguraba con un grueso nudo de cuero. Tiré de las ataduras y supe que no me iba a liberar. Él me tomaría como él quisiera. Mi coño se apretó alrededor del aire vacío; las ansias de mi excitación causaron que los labios de mi coño palpitaran de dolor al ritmo de los rápidos latidos de mi corazón. Lo necesitaba dentro de mí, llenándome. Haciéndome suya. Necesitaba su placer, su posesión. Necesitaba ser lo que él quería, darle lo que quería.

—Llegó la hora de follarte.

Asentí con la cabeza incluso mientras silenciosas lágrimas corrían por los rabillos de mis ojos. La intensidad de su posesión, de su control sobre mi cuerpo, de mi liberación, me abrumó y no pude contener las lágrimas. Esas lágrimas eran yo, mi alma, la presa emocional estallando dentro de mí aquí, ahora, en la seguridad de su abrazo.

Yo era suya en cuerpo y alma y no le negaría nada. Si bien el juguete había sido increíble, no había sido la polla de Tark y yo anhelaba su dura verga abriéndome ampliamente. Necesitaba la conexión. Necesitaba verlo tensarse, verlo perderse en el placer que solo mi cuerpo podía darle. Necesitaba saber que él era mío.

Se alineó y se deslizó dentro de mí con un suave y largo golpe. Se dejó caer sobre sus antebrazos por lo que su cabeza estaba justo encima de la mía y me llenó por completo. Estaba inmovilizada, mis manos aseguradas sobre mi cabeza, mis caderas presionadas sobre la suave cama por las suyas. No podía moverme. No podía hacer nada más que dejar que me follara.

Manteniéndose quieto, murmuró: —*gara*.

Bajando su cabeza, me besó mientras se movía. Follándome y besándome. Él era notablemente amable y esto... esto era algo más. Esta era una validación de que pertenecíamos el uno al otro. Ciertamente me había dado placer, pero yo sabía, yo podía *sentir*, que era más para él que una simple mujer para follar y reproducirse. Había cambiado, incluso en el ridículamente corto tiempo que había estado en Trion. Su dureza, los ángulos y los planos de frustración y poder se suavizaron. Le había hecho eso a él.

Yo podía aliviar su preocupación, aligerar la carga que tenía sobre sus hombros como consejero superior. En este momento, podía perderse en mí, buscar el placer y la comodidad. No como consejero superior, no como el líder de su pueblo, no como un hombre poderoso que tenía a mucha gente buscando su guía.

Conmigo, él simplemente era Tark, el hombre. Sus movimientos cambiaron de un suave deslizamiento y la dulce fricción de su polla me regresó al borde de la liberación como si mi deseo fuera una yesca reavivada al fuego brillante. Rápidamente, aceleró su ritmo como si estuviera buscando algo. Yo entendí.

—Tark. Déjate llevar. —Usé su nombre a propósito, le hice saber que ni siquiera tenía que preocuparse por protegerme en este momento. Él podía simplemente sucumbir al placer que había encontrado en mi cuerpo, en la liberación que podía darle.

Él alzó su cabeza y me miró. El sudor goteaba sobre mi pecho.

—No puedo perder el control. Nunca pierdo el control. —Pasó sus manos por mis brazos y me apretó las muñecas—. No quiero hacerte daño —respondió, meneando y moviendo las caderas.

Levantando mis piernas, coloqué mis rodillas sobre sus costados para que pudiera llenarme aún más.

Negué con la cabeza. —No lo harás. No *puedes* hacerlo.

Quizás fue mi tono o la expresión de mi rostro, o la forma en que mis paredes internas apretaban su polla, pero la máscara se desvaneció. Su rostro se endureció, su mandíbula se apretó y sus ojos se cerraron. Enganchando la parte posterior de mi rodilla en la curva de su codo, él me inclinó hacia arriba y arremetió contra mí. Grité porque me había llenado casi demasiado, pero no se detuvo.

—Sí —chillé, haciéndole saber que lo quería. Así era. Yo quería todo de él. Si estábamos tan bien emparejados, podía soportarlo. Podía soportar cualquier cosa que él me diera, *tenía* que aceptarlo, todo él. Necesitaba complacerlo, hacerlo feliz, someterme a su deseo. Lo conocía cada vez que entraba en mí; su agarre en mi pierna y mi cadera se profundizó y supe que mi salvaje respuesta lo estaba empujando al límite de su control. El sonido de follar llenó la tienda: áspero, carnal y húmedo.

—Quiero un bebé, Tark. Tu bebé. Dámelo —jadeé. Lo quería. Quería darle el bebé que él deseaba, el que yo había anhelado, pero nunca imaginé. Me había horrorizado la idea de reproducirme, que el principal objetivo de Tark para una pareja fuera encontrar a una mujer que fuera fértil y que pudiera darle el heredero que necesitaba.

Pero esto no era lo que estábamos haciendo. No estábamos follando sobre un soporte ceremonial. No estábamos siendo vistos ni grabados para el centro de procesamiento del programa de novias. Solo éramos un hombre y una mujer que nos necesitábamos y que estábamos mostrando nuestros deseos, nuestra razón de ser al unirnos de esa manera. Yo era poderosa. Podía convertir a Tark en un animal en celo, ansioso y desesperado por su liberación, hasta que todo, excepto llenarme, desapareciera de su mente.

—Por favor, Tark.

—¿Lo quieres, *gara*? —gruñó.

—¡Sí!

—¿Me quieres? ¿Solo a mí? ¿Te quedarás conmigo y serás mi pareja?

Abrí los ojos y él me estaba mirando. Mis pezones rozaban contra su pecho por la forma en la que estaba arqueada, con mis manos sobre mi cabeza.

Apenas había visto algo de Trion. Solo sabía que el Puesto Avanzado Nueve era primitivo y estaba en medio del desierto. ¿Era el resto de Trion así? ¿Eran todas las personas como Bertok o Mara? Anhelaba descubrirlo, siempre y cuando Tark estuviera conmigo, a mi lado.

¿Qué me esperaba en la Tierra? No tenía ninguna pareja. No tenía a Tark. La decisión era simple.

—Sí.

Metiendo la mano entre nosotros, Tark acarició mi clítoris con su pulgar, una, dos veces, y me corrí.

Arqueé mi espalda aún más y grité, sintiendo a Tark ponerse rígido sobre mí, llenándome por completo y gritando su propia liberación. Una semilla gruesa se disparó dentro de mí, llenándome hasta rebosar. Con avidez, mi cuerpo apretó y ordeñó la polla de Tark, tirando de ella profundamente.

—Sí —dije.

—*Fark*, sí —respondió Tark, tratando de recuperar el aliento. Llevó la parte superior de su cuerpo hacia un lado, para que su gran peso no estuviera sobre mí, pero mantuvo su polla enterrada profundamente. Las endorfinas de toda la follada me hicieron sentir eufórica y repleta. Sintiendo a Tark sobre mí, me sentí segura, querida y muy bien reclamada. Él soltó el nudo que amarraba mis muñecas, me acarició la mejilla con la mano y secó las lágrimas que silenciosamente seguían cayendo.

—Lo sé, *gara*. Lo sé. Estás a salvo conmigo. —Entonces me abrazó, y tan salvaje como había sido nuestra follada, ahora era un gentil gigante que me mantenía a salvo en la tormenta de mis propias emociones. No podía contener nada, ni mi deseo ni mi placer, ni los rincones más profundos y oscuros de mi corazón y mi alma. Y allí, en sus brazos, no luché contra mis emociones, porque no era necesario. La máscara que la sociedad me obligó a vestir ya no existía. Él me desnudó completamente y me mantenía protegida y segura en sus brazos.

—Prométemelo, Tark. Nunca me dejes —le dije.

—*Gara*, tú eres la que se va. Me pondré en contacto con nuestro enlace del programa, a ver si se puede arreglar algo para que yo pueda acompañarte a la Tierra y traerte sana y salva a casa.

Me congelé debajo de él. —¿De verdad? ¿Tú puedes hacer eso?

—Haré lo que sea necesario para mantenerte a salvo.

Eres mía. Entiendo que debes hacer lo que es honorable y correcto. Debes regresar para ofrecer tu testimonio, pero no te permitiré enfrentar a un asesino brutal sola.

Me acurruqué en su pecho con un feliz suspiro. Cómo había tenido tanta suerte, no tenía idea. Pero Tark era el único hombre con el que podía imaginar pasar el resto de mi vida. Él era mi pareja perfecta.

Un ligero zumbido sonó en la habitación y sacudí la cabeza para deshacerme de él cuando una voz extraña habló en el silencio.

"El protocolo de transporte para Eva Daily había sido activado".

El nódulo de transporte personal zumbaba contra mi oreja y pude escuchar claramente la voz en mi cabeza. ¿La había escuchado Tark también?

Tark sacó su polla de mi cuerpo y me hizo ponerme de rodillas. —¿Qué fue eso? —dijo, toda la suavidad y el placer de nuestra follada se había ido. Su semilla goteaba por mis muslos al arrodillarme sobre la ropa de cama.

—Yo… creo que fue el nódulo de transporte y estoy regresando a la Tierra.

Mi corazón comenzó a latir con fuerza y las manos de Tark se aferraron a mis brazos.

—¿Ahora? No te puedes ir. Acabamos de acordar que te quedarías. —Se veía frenético, como si esta fuera la única cosa completamente fuera de su control y no había nada que él pudiera hacer, sin importar cuánto luchara o hablara para salir de eso.

—Quiero quedarme contigo —le dije, envolviéndolo con mis brazos y abrazándolo con fuerza.

—Podemos sacarte el transportador, removerlo de tu cuerpo.

Sacudí mi cabeza contra su pecho, los mullidos vellos de allí se sentían suaves y cosquillosos contra mi mejilla. —Debo encarcelar al hombre. Es lo más honorable que puedo hacer.

—Yo sé de honor, *gara*, pero es peligroso. No tienes que enfrentarte a este asesino por tu cuenta. Nos comunicaremos con las autoridades de la Tierra y haremos arreglos para que yo te acompañe.

—No creo que haya tiempo. Debería estar a salvo. Estaré protegida por la policía y los fiscales. Ellos me ofrecerán su protección —respondí.

Me alejó de él para poder mirarme a los ojos. —Y, sin embargo, no tenían fe en su capacidad de mantenerte a salvo antes. Es por eso que te enviaron aquí, a mí.

"Treinta segundos para el transporte".

—Tark, está sucediendo ahora. Lo siento —supliqué, esperando que él entendiera que tenía que irme. Tenía que hacer las cosas bien en mi mundo.

—No has hecho nada malo —suspiró, pero sentí la ferocidad en su agarre—. Recuerda esto, Eva. No hay nadie en esta galaxia para mí sino tú. Tú lo sabes.

Asentí mientras las lágrimas caían por mis mejillas.

"Cinco".

—Te extrañaré —le dije.

"Cuatro".

—¡Eva! —Sus ojos se agrandaron.

"Tres".

—No hay nadie en la Tierra para mí —juré, levantándome sobre mis rodillas para besarlo.

"Dos".

Él me soltó, su aliento mezclándose con el mío. Colocó su mano alrededor de mi nuca, manteniéndome cerca. —Eres mi pareja, mi corazón.

"Uno".

—Amo —le dije al mismo tiempo que dejaba de sentirlo, ya no podía detectar su aroma especiado, ya no podía verlo.

9

No me desperté gradualmente del transporte como lo hice la primera vez. Me desperté con un sobresalto como si hubiera tenido un mal sueño, sacudiéndome de golpe con un grito ahogado.

—Bien, está despierta —dijo alguien. No era Tark.

Parpadeé y miré a mi alrededor.

Estaba en una habitación pequeña con un escritorio y sillas de madera. Dos hombres estaban sentados frente a mí, estudiándome de cerca.

—Robert —dije, tal vez más para mí misma por reconocerlo que por estar contenta de verlo. El fiscal del distrito llevaba su habitual traje impecable y me estaba mirando con atención, tal vez preguntándose si el transporte me habría regresado deforme, si me estaría faltando una extremidad o tal vez incluso desnuda.

Aspiré y me miré a mí misma. No pude evitar el suspiro que escapó de mi boca cuando vi que llevaba una blusa blanca lisa y una falda. Sentí los zapatos de tacón de siempre en mis pies, pero no pude ver de qué tipo o color porque estaban ocultos debajo de la mesa. Mientras me acariciaba el pelo, descubrí que el desorden salvaje había sido recogido en un estilo limpio y clavado en su lugar en la parte posterior de mi cabeza.

—¿Te sientes bien? —preguntó Robert. Lo miré a él y al hombre a su lado.

—Lo siento, Eva, este es el agente especial Davidson del FBI. Él ordenó tu transporte fuera del planeta.

Asentí a ambos hombres. —Robert, yo... no han pasado tres meses aún. ¿Qué pasó? —Habían pasado solo unos días desde que me enviaron a Trion; seguramente el juicio no había avanzado tanto.

Ambos hombres fruncieron el ceño. —¿De qué estás hablando? Eva, han pasado cuatro meses.

—¿Está segura de que está bien, señora?

Estaba confundida; mi mente estaba borrosa. Solo había estado en Trion por uno, dos, tres, sí, tres días. ¿Cómo podían haber pasado cuatro meses? —Creo que... creo que el tiempo es diferente en Trion.

—¿Fuiste a Trion? —Los ojos de Robert se iluminaron, ansiosos como los de un niño.

Asentí.

—Bien, ¿cómo fue? ¿Es cierto que el programa de emparejamiento funciona?

Pensé en Tark y en cómo, hacía unos momentos, al menos para mí, estaba en sus brazos. Me abracé como si todavía pudiera sentirlo, pero no. No era lo mismo.

Reconocí el control de temperatura de las habitaciones en los edificios en la Tierra. En Trion, el aire, aunque era caliente, no era excesivo. Era... balsámico.

Mis brazos se presionaron contra mis pezones y sentí los anillos y las gemas que Tark había puesto allí. ¡Todavía estaban allí!

—¿Está segura de que está bien? —preguntó el agente del FBI.

—Acabo de ser transportada desde Trion, así que, por favor, denme un minuto para adaptarme. Asumo que soy la única persona que ha regresado, ya que el programa es tradicionalmente unidireccional.

—Así es —confirmó el hombre—. Programamos su transporte para que pudiera llegar a la corte, como puede ver por la habitación en la que nos encontramos, y vestir adecuadamente para la audiencia.

Eso explicaba los anillos y las gemas. El hombre no sabía cuáles eran las costumbres de Trion, lo que Tark me había hecho, por lo tanto, no sabía que debían ser retirados en el transporte de regreso. Supuso que solo necesitaba ponerme la ropa correcta para el juicio, nada más.

Realmente me sentí aliviada, porque los anillos de los pezones y las gemas eran todo lo que me quedaba de Tark. Él estaba en el lado opuesto de la galaxia y no había nada que pudiera hacer al respecto.

—Estoy bien. Si pudiera tomar un vaso de agua, podremos repasar todo lo que necesiten que diga. Luego me gustaría ir a casa.

Estaba a punto de llorar, pero me tragué las lágrimas. No podía llorar ahora, frente a estos hombres. No podía dejarles saber que me había enamorado de mi pareja, que quería quedarme en Trion. Eso no importaba ahora. Iba a hacer lo correcto, poner al hombre tras las rejas y luego volvería a trabajar y seguiría con mi vida.

UNA SEMANA MÁS TARDE, el juicio había terminado. El hombre había sido encontrado culpable y enviado a prisión. Su sentencia ocurriría en los próximos meses, pero mi parte estaba hecha. Como en realidad no era Evelyn Day, mi registro personal nunca mostró la sentencia falsa y mi condena al programa de novias. En lugar de regresar a mi vida como había sospechado, como me habían dicho que sucedería antes de irme a Trion, me habían colocado en el programa de protección a testigos. La amenaza a mi vida no había desaparecido terminado el juicio. El hombre le había puesto un precio a mi cabeza y yo no estaba a salvo.

El agente del FBI me dejó en un pequeño pueblo de Iowa con un nuevo nombre, incapaz de practicar la medicina. Me dieron un trabajo como bibliotecaria de la escuela. Extrañaba mucho a Tark, día y noche. Me acostaba en la cama por las noches, en un nuevo y extraño hogar, y jugaba con las gemas en los anillos de mis pezones. No importaba lo que hiciera, no podía hacer que vibraran. Me negué a quitármelos, porque eran parte de mí. Solo tenía que usar sujetadores acolchados y tener cuidado al seleccionar mis camisas, de lo contrario, nadie lo sabría. No tenía intención de compartirlos, ¿qué podría decir?

Ellos eran míos. De Tark y míos, y eran privados. Mi coño todavía estaba limpio. Originalmente pensé que me habían afeitado, pero después de los pocos días que pasé en Trion y el tiempo de regreso en la Tierra, ninguno de los vellos entre mis piernas había vuelto a crecer. Me tocaba allí y al igual que con las estimuesferas, no importaba cómo jugara con mi clítoris, no podía llegar al clímax. Necesitaba a Tark.

Todos los hombres en la Tierra se veían tan pequeños, tan débiles en comparación. Descubrí que utilizaba a Tark como base para el hombre *perfecto* y ni una persona con la que me había encontrado o conocido, ni con la que me había topado en la tienda de abarrotes se le asemejaba.

No tenía amigos en mi nueva vida. No tenía familia, ya que mis padres habían muerto cuando yo era joven. Estaba sola, triste y sentía que faltaba una parte de mí. Yo era la misma persona que había sido antes de ser testigo del asesinato, pero dar un paso atrás, o fuera del planeta, me hizo ver cómo había sido mi vida aquí. Y esa existencia estéril estaba muy lejos de lo que yo quería que fuera. Antes de Tark, el trabajo había sido mi vida. Cuando dejé la Tierra, apenas tenía amigos de verdad, nada de familia.

Yo quería a Tark. Lo necesitaba tan intensamente que estaba dispuesta a renunciar a la Tierra por él. Me toqué, dibujando círculos con mis dedos sobre mi clítoris, calentando mi cuerpo mientras pensaba en mi pareja, deseando que fuera su mano y su boca sobre mí. Como él había dicho, mi placer le pertenecía a él, así que cuando sentí la excitación, grité desesperada por su contacto. Entonces volqué mi corazón a llorar.

Algo tenía que hacerse. Tenía que volver con Tark y conocía exactamente a la persona con quien hablar.

—Adelante.

Ante mi grito, se abrió la entrada y Mara y Davish fueron escoltados dentro de mi tienda. Mara se veía recuperada. Sus mejillas estaban llenas de color; su cabello era una larga melena que caía por su espalda. Su vestido de turno estaba libre de sangre y la modesta túnica que llevaba sobre ella protegía la mayor parte de su cuerpo de mi mirada.

No es que fuera necesario. Nada de la mujer me atraía. Ella era lo suficientemente atractiva y era la pareja de Davish, pero no me gustaba su constitución ágil, sus pequeños pechos, la expresión hosca habitual. Yo quería a Eva.

Solo había pasado un día desde que literalmente se había desvanecido de entre mis dedos, transportada de regreso a la Tierra. Me sentía vacío y hueco, como si hubieran arrancado una parte de mí y ella se la hubiese llevado a través de la gran extensión de espacio que nos separaba.

—Consejero superior, vinimos a darle muchas gracias a su pareja. —Davish miró alrededor de la habitación. Si había sacado a Mara del harén, sabía que Eva no estaba allí.

—¿Los dos están bien? —le pregunté.

—Sí, consejero superior —susurró Mara mientras Davish asentía.

—Bien. Si bien su visita es apreciada, mi pareja no está aquí.

Ambos fruncieron el ceño, confundidos.

—Ella fue transportada de regreso a la Tierra.

Mara lucía sorprendida. —¿Fue por mi culpa? Yo fui... cruel con ella. —Se veía avergonzada, incluso, agraviada—. La hice enojar, lo que le molestó. Su rechazo a ella es mi culpa.

Ella se arrodilló y bajó la cabeza.

Miré a Davish, quien apretó la mandíbula ante las noticias, lo que obviamente fue una sorpresa para él. No estaba feliz de saber que Mara le había hecho daño a Eva, pero no era mi lugar castigarla.

—Levántate —dije. Ella lo hizo, pero mantuvo la cabeza baja—. Ella no fue transportada por mis órdenes. Todo lo contrario. Su testimonio se necesitaba para enviar a un hombre a prisión.

—¿Ella no era una asesina? —preguntó Davish.

Negué con la cabeza.

Algo parecido a la admiración encendió sus ojos. —Su pareja es honorable. —comentó Davish—. Sus acciones de ayer fueron una demostración. Dejar a una pareja por deber es otra cosa. Se lo diré al consejo.

Mara apretó sus manos juntas. —Ella me salvó la vida y siempre estaré agradecida.

La pareja se fue sin más comentarios; la tienda, vacía una vez más. Vi el soporte ceremonial en la esquina, la cama con las mantas que aún conservaban el aroma de Eva. Dejé caer mi cabeza en mis manos y reviví la conversación que había tenido hacía unas horas. Me había puesto en contacto éxitosamente con el enlace del Programa de Novias Interestelares de Trion y me habían informado con frialdad que, si mi pareja había decidido dejarme, no había nada que pudieran hacer. Había sido mi culpa por no seducirla, por no complacerla. Mi nombre se volvería a colocar en el registro de hombres disponibles de Trion, en la parte inferior de la lista, ya que no podría satisfacer a una hembra.

Quería atravesar la pantalla de comunicación y estrangular a la oficial con mis propias manos. Ella dio a entender que yo no era digno. Que Eva me dejó porque no era lo suficientemente bueno como para merecerla.

Tal vez esa perra estaba en lo correcto. Eva se había ido. Si hubiera sido una mejor pareja, hubiera interrogado a Eva antes, hubiera tenido tiempo de evitar que el transporte se la llevara sin mí. Si hubiera actuado según mis instintos, los instintos que insistían en que ella no era una asesina, podría haber forzado la verdad de sus labios y haber hecho los arreglos para protegerla en su viaje a la Tierra y mantenerla a mi lado.

Fallé como pareja, pero su breve presencia en mi vida me atormentaba. Los recuerdos de ella me provocaban en todas partes que mirara, pero ella se había ido. Para siempre.

Arrojé un cuenco lleno de fruta contra la pared, pero no logró hacer que me sintiera mejor.

10

Una vez más estaba en la pequeña habitación del centro de procesamiento, aunque esta vez no llevaba el atuendo de la prisión y no estaba atada. La alcaidesa Egara estaba de pie junto a mi silla de procesamiento y miraba con odio al agente del FBI que estaba sentado en una pequeña silla de plástico en una esquina de la habitación. Hoy su traje era azul marino, la insignia en su pecho todavía era roja, casi tan roja como sus mejillas. La alcaidesa Egara estaba claramente furiosa con el agente Davidson.

—¿Es correcto este análisis de ADN? —Ella arqueó las cejas y le puso mala cara al agente del FBI—. La muestra de ADN de esta mujer ya está archivada en nuestro sistema. Se supone que no debe estar en la Tierra. De acuerdo con nuestros registros, ella está, en este momento, en Trion, con su pareja. Y su nombre no es Eva Daily, es Evelyn Day.

—Sí, el ADN es correcto. Pero su verdadero nombre es

Eva Daily. —Tuvo el buen razonamiento de sonar contrito.

—¿Y cómo regresó esta mujer a la Tierra sin el permiso del Programa de Novias Interestelares? —Se cruzó de brazos y juraría que creció dos pulgadas más al inflarse sobre el hombre sentado. Cuando el agente Davidson no respondió, ella puso sus manos en sus caderas.

—¿Sabe usted, agente Davidson, que, al engañarme, como representante oficial de la coalición interestelar y como jefa de este centro de procesamiento del Programa de Novias Interestelares, podría presentar cargos en su contra ante el consejo interestelar? El fraude y la suplantación de identidad son crímenes en todos los mundos, agente. —La alcaidesa Egara parecía lista para quitarle su arma y matarlo en el acto. Me levanté de la mesa para colocarme entre ellos.

—Por favor, alcaidesa. El proceso de emparejamiento fue perfecto. Lamento haberle mentido. No tenía elección. Pero ahora, solo quiero irme a casa. —Esperaba que el anhelo y la sinceridad de mi pedido la convencieran de ayudarme. Esta extraña y formidable mujer literalmente tenía mi futuro en sus manos. Ella era la única con el poder de enviarme de vuelta con el hombre que amaba—. Por favor. Ayúdeme. Solo quiero volver con él.

—Sabe que *esta vez*, señorita Day o Daily, o cualquier nombre que esté usando esta semana —la alcaidesa Egara le lanzó una mirada fulminante al agente del FBI—, no podrá regresar a la Tierra.

—Sí. Lo sé. No quiero estar aquí. Quiero estar en Trion, con mi pareja del emparejamiento.

Los ojos de la alcaidesa Egara se suavizaron un poco, y vislumbré la belleza que podría ser si alguna vez sonriera.

—El proceso de emparejamiento es verdaderamente milagroso, Eva. Lo he presenciado muchas veces. Es por eso que protejo a mis novias tan ferozmente. Los guerreros que nos protegen, que protegen todas las vidas en los mundos de coalición, merecen ser amados. Merecen encontrar la verdadera felicidad. Y cuando alguien jode a mis guerreros, no me divierte. —Esto último lo dirigió al agente Davidson, que tuvo la gracia de sonrojarse.

—Mis disculpas. Ya le dije, juro que nunca volveré a usar su programa para esconder a una novia. Se lo prometo. —El agente del FBI levantó sus manos en completa rendición. Había llamado al agente Davidson dos semanas antes y le dije que quería volver a Trion. Al principio, no había entendido por qué querría hacer eso. No era una prisionera y, sin duda, había dado más de mí que cualquier otro testigo al que hubiese ayudado antes. No entendía el proceso de emparejamiento y, probablemente, nunca lo haría. Aunque intenté explicar la conexión que sentía con Tark, más de una vez, él me obligó a esperar dos semanas completas, *para que lo pensara*, antes de que él cumpliera mi pedido.

Habían sido dos largas semanas de espera. Saber que me ayudaría a regresar a Trion y a Tark me llenaba de ansiedad. Esta vez, sabía a dónde iba. Esta vez, sabía con quién iba a estar. Esta vez, yo *quería* irme. Ni siquiera me importaría si

Tark quisiera inclinarme sobre un soporte ceremonial y follarme para que todo el consejo lo viera. Bueno, tal vez sí me importaba un poco, pero sería un precio digno de pagar para estar de vuelta en sus brazos y en su vida.

—Por favor, alcaidesa Egara. Envíeme a casa. —Susurré las palabras mientras sentía mariposas revolotear en mi estómago. Me volví a sentar en la silla y esperé con impaciencia a que la mujer comenzara el proceso.

—No es necesario que completemos nuevamente las pruebas de compatibilidad, ya que ya se han realizado. Sin embargo, el protocolo exige que le pregunte: —¿desea rechazar a su pareja y ser enviada a otro guerrero?

No pude evitar sonreír. —Elijo seguir mi emparejamiento con el consejero superior Tark de Trion, permanentemente.

El agente Davidson inclinó la cabeza y me estudió. —Tú lo amas. —No era una pregunta y lo dijo con cierto asombro.

Asintiendo con la cabeza, respondí: —Sí, lo sé. Puedo decir, por experiencia propia, alcaidesa Egara, que su programa de emparejamiento es realmente muy bueno.

La mujer se llenó de orgullo y pude ver que estaba ansiosa por hacerme preguntas sobre mi tiempo en otro mundo, pero su trabajo tenía prioridad. —Es bueno saberlo. —Miró hacia la pantalla que sostenía y deslizó su dedo sobre ella varias veces—. Estás lista para ser transportada a Trion y para ser permanentemente emparejada con el consejero superior Tark. No se permitirán cambios.

Pareja asignada

Sonreí y agarré los reposabrazos de la silla. Una anticipación que nunca había sentido corría por mis venas. *Vamos, mujer. Presiona el maldito botón.* —No. No se permitirán más cambios.

—Adiós, Eva. —El agente Davidson asintió tranquilizadoramente.

La alcaidesa Egara empujó la silla de procesamiento hacia la pared, pero esta vez estaba emocionada de ver la pequeña habitación aparecer a mi lado. Recibí agradecida la punzada de la jeringa en mi cuello y la luz azul brillante que significaba que iba a regresar a Trion. Me volteé y pude ver a la alcaidesa Egara. —Gracias.

Ella sonrió de verdad. —Tu transporte comenzará en tres, dos, uno.

———

—Esto concluye la reunión del consejo. Nos volveremos a encontrar el próximo año. Durante ese tiempo, viajen seguros y que la paz sea en su región.

Me puse de pie; los hombres frente a mí también lo hicieron. A pesar de que habíamos pasado una semana juntos trabajando en lo pautado, los consejeros se pusieron de pie y conversaron, paseándose por el lugar. Todo lo que yo quería hacer era irme de una *fark* vez del Puesto Avanzado Nueve. Solo guardaba recuerdos de Eva. La veía por todos lados a donde fuera. Y, sabiendo que ella no era una asesina sino una sanadora, todos me detenían para preguntar por ella. Finalmente, obligué a Goran a publicar un aviso del regreso de Eva a la Tierra, para no tener que repetirlo una y otra vez.

Se escucharon graznidos de advertencia de las unidades de comunicación de los guardias. Todos se congelaron en su lugar, esperando la advertencia del peligro.

—Un transporte, consejero superior. —El guardia principal se me acercó, luego miró a su unidad—. No programado.

—¿Origen? —pregunté. Si bien los guardias podían defenderse de los atacantes en Trion, defender un puesto avanzado contra los ataques de transporte directamente de otros mundos era mucho más difícil.

—La Tierra.

El hombre me miró y leí sus pensamientos.

—Eva —murmuré—. Tiene que serlo.

—No se ha registrado ningún emparejamiento de ese planeta. Creo que tiene razón.

—¿En cuánto tiempo? —pregunté, ya corriendo hacia la plataforma de transporte solitaria en el puesto avanzado. Estaba cerca.

—Treinta segundos. —El guardia corría a mi lado, el resto nos seguía.

Yo llegaría en diez. —Cambien sus armas solo para aturdir. Si resulta ser mi pareja, no quiero que nadie le dispare.

El guardia asintió y yo les eché un vistazo a los demás.

—Mantengan su distancia —troné—. Nadie se mueve hasta que evaluemos el transporte.

La esperanza me llenó el pecho cuando me detuve

dentro de la tienda y observé el lugar vacío delante de mí. Lentamente, un cuerpo se materializó y era, en efecto, Eva. Tumbada sobre la oscura plataforma de transporte negra, parecía estar dormida, parecía... *fark*, parecía la cosa más increíble que había visto en mi vida.

Los dos guardias que habían entrado detrás de mí bajaron la guardia y envainaron sus armas. Me arrodillé a su lado y la tomé en mis brazos. Ella usaba el vestido estilo enaguas y nada más. Teniéndola presionada contra mi pecho, podía sentir los anillos en sus pezones y las gemas que había puesto allí antes de que regresara a la Tierra.

Su suave contacto, el aroma de su piel, la sensación sedosa de su pelo, *fark*, era difícil de creer que estuviera en mis brazos. Pensé que nunca la volvería a ver y sin embargo... ¿cómo había podido regresar?

La llevé a la tienda principal, ansioso por compartir las buenas noticias. No estaba seguro de qué esperar de los que estaban reunidos, pero en lugar de desdén u hostilidad en los rostros de los consejeros, todos se veían complacidos y quizás, incluso, sorprendidos por su regreso.

Apartando su cabello de su rostro, le hablé, le susurré algo al oído y esperé a que se despertara. Le había tomado horas la última vez, así que tenía que suponer...

—¿Tark? —murmuró, moviéndose en mis brazos.

—Shh, *gara*, te tengo.

Sus ojos se abrieron ante el sonido de mi voz y ella me miró, su cuerpo se puso rígido. —¡Tark! —repitió mientras me envolvía con sus brazos y me agarraba con fuerza.

Aunque podía oír susurros a nuestro alrededor, mi atención se centraba exclusivamente en mi pareja.

—Regresaste —le susurré al oído.

Ella asintió contra mi pecho.

—¿Puedo cerciorarme de que esté bien, consejero superior? —preguntó el doctor Rahm, desde una distancia respetable.

—*Gara*, ¿permitirás que el médico se cerciore de que estés bien después de tu transporte?

Ella se congeló. —Sin sondas.

—No. Sin sondas. Estarás conmigo todo el tiempo. Viajaste a través de la galaxia no una vez, sino dos, por mí.

—Está bien.

Asentí ligeramente con la cabeza y el doctor Rahm levantó un sensor y lo movió sobre su cuerpo. No la tocó, ni siquiera la miró, sus ojos estaban sobre la pantalla de la unidad médica. Sus ojos se abrieron como platos, luego la escaneó otra vez, luego lo giró para que yo lo viera. Leí la pantalla y mi corazón subió hasta mi garganta. El orgullo me llenó y me sentí ansioso.

—*Gara* —gruñí.

—Mmm —murmuró.

—Estás... estás... —Las palabras se atoraron en mi garganta.

—Sí.

No quería que este momento en el que descubría que mi pareja llevaba a mi hijo se compartiera con nadie más. Había una sala llena de consejeros con los que lidiar primero y luego la tendría para mí sola. Las reuniones habían terminado. Nos iríamos del Puesto Avanzado Nueve tan pronto como ella estuviera lo suficientemente bien para viajar. Ahora que estaba encinta, la quería a salvo en el palacio más que nunca.

—Estoy bien, Tark. Por favor, déjame ponerme de pie.

Con cuidado, la bajé para que se pusiera de pie, pero mantuve un agarre posesivo alrededor de su cintura. Apoyó su cabeza contra mi costado y me obligué a apartar la vista de ella y dirigirla hacia los demás en la tienda.

—Señora consorte —dijo el consejero Roark, colocándose en una rodilla ante ella. Era la posición tradicional de respeto y honor al ofrecer lealtad. Todos los miembros del consejo me la ofrecieron de esa manera a la muerte de mi padre y durante mi investidura.

—Señora consorte —repitieron juntos los demás miembros, también colocándose sobre una rodilla ante ella.

Eva los miró y luego a mí. —Te están ofreciendo su respeto.

—Pero...

—Estamos contentos por su regreso, señora consorte.

La conmoción en la entrada de la tienda llamó la atención de todos. Davish entró con Mara. La mujer corrió a la plataforma y cayó de rodillas también.

—Lo siento, Eva...

—Señora consorte —aconsejó Roark.

Mara se lamió los labios y se veía arrepentida. —Señora consorte, lamento mucho por cómo la traté. Le debo una deuda por salvarme la vida —Mara sonaba dolida, incluso se veía así, sin embargo, yo sabía que era engañosa.

—Te traté como a cualquier otra persona, aquí en Trion o en la Tierra. Espero que la deuda de tu vida no sea la única razón por la que ahora ofreces tu amistad. Espero que cualquier amistad sea dada voluntariamente. No conozco a muchas mujeres aquí en Trion y necesitaré amigas en quienes pueda confiar.

Mara pareció sorprendida por las palabras, pero lo comprendí. Eva necesitaba que los que la rodeaban, las personas que se preocuparían por ella, supieran quién era en realidad. No quería que Mara se doblara de rodillas por gratitud o deuda. Una pequeña sonrisa se formó en la boca de Mara, una que por primera vez parecía dada sin malicia. —Sí, mi señora, eso me gustaría.

—Entonces debes llamarme Eva.

—Suficiente —dije—. Supongo, consejero Bertok, que no hay necesidad de otra follada ceremonial, ¿verdad? —Como Eva ya estaba encinta, el retorcido viejo bastardo tendría que encontrar su placer en otro lado.

El hombre mayor bajó la mirada al suelo. —No, consejero superior. No hay duda de que ella es la señora consorte legítima.

Asentí. —Bien. Como el doctor Rahm le ha dado el visto bueno después de su transporte, mi pareja y yo nos despediremos. Tengan un viaje seguro todos cuando regresen a sus tierras natales.

Muchos de los presentes murmuraron respuestas, pero tomé a Eva en mis brazos y hui del grupo, prácticamente corriendo hacia mi tienda. Eva había regresado, su vientre llevaba mi hijo y yo la quería solo para mí. Para siempre.

—¿Cómo regresaste a mí? —preguntó Tark tan pronto como me colocó en su cama. Lo tomé de la mano, llevándolo conmigo cuando él habría retrocedido. No quería espacio. Quería deleitarme con su contacto, con su aroma. Lo quería... todo.

Pasé semanas anhelándolo mientras esperaba que el agente Davidson concretara mi transporte. Al sentarse a mi lado, le conté a Tark todo sobre mi tiempo en la Tierra.

Me estremecí mientras hablaba sobre el juicio y cómo me había sentido frente a los ojos de un asesino. Le conté lo sola que había estado sin él, y cómo habían tratado de darme una especie de vida vacía en protección de testigos. Describí los detalles de mi apartamento solitario y muy vacío. Le había contado sobre la aparentemente interminable lista de preguntas de la alcaidesa Egara mientras esperábamos los resultados del ADN para confirmar mi historia.

Le respondí con sinceridad, especialmente cuando me preguntó acerca de mi emparejamiento con Tark. Quería que todos supieran que el programa de emparejamiento del programa de novias realmente funcionó. Incluso, accedí a filmar un pequeño anuncio para el programa antes de irme. La alcaidesa Egara estaba desesperada por conseguir más novias de la Tierra, preferiblemente más voluntarias, no criminales.

Ella sentía de corazón que los guerreros que protegían la Tierra merecían la verdadera felicidad y mujeres dignas como parejas.

Al mirar a mi pareja, me sentí completamente feliz con todo lo que había dicho en esa sesión de grabación y esperaba que alguna afortunada chica de la Tierra se arriesgara con el amor en otro mundo.

—¿Sabías sobre el bebé cuando... te fuiste? —Miró mi cuerpo como si fuera un frágil objeto de cristal, quizás preocupado de habernos lastimado a mí o al bebé.

—No. Solo cuando me evaluaron para el transporte. —Hice una pausa.

Él inclinó su cabeza, luego se dejó caer de rodillas ante mí.

—La primera vez, dejé que el programa de emparejamiento decidiera —le dije—Esta vez, te nombré a ti, consejero superior Tark de Trion, como mi pareja permanente. Sin período de prueba. Sin procesamiento. No podrás deshacerte de mí. Esta vez, yo te reclamé, Tark. Eres mío para siempre.

—Oh, Eva —gimió y tiró de mí para darme un beso. Fue salvaje, desesperado y lleno de calor y amor, lo que yo necesitaba con tantas ganas.

—Te extrañé —murmuró contra mi boca—. *Fark*, fue como si me hubiesen arrancado el corazón de mi pecho cuando te transportaron.

—El tiempo es diferente en la Tierra. Si bien estuve aquí solo por unos pocos días, habían pasado cuatro meses en la Tierra. Tark, estuvimos separados por semanas.

—Apenas fue ayer —dijo, pensando—. Pero eso fue suficiente.

—Fue una tortura.

—Oh, *gara*. Estás aquí ahora y te juro que nunca te dejaré ir.

—Sobre esa primera follada ceremonial —dije, mordiéndome el labio.

Él arqueó una de sus oscuras cejas y sonrió.

—¿Sí?

—Creo que, ya que me fui y volví, otra podría requerirse.

—¿Quieres que llame a Goran para que sea testigo? ¿Al consejo?

Negué con la cabeza y me puse de rodillas, agarré el dobladillo de mi vestido y me lo saqué por la cabeza.

Un sonido similar a un gruñido estalló en el pecho de Tark. En lugar de abalanzarse sobre mí tal como esperaba, yo quería saltar sobre él, sacó su mano y movió la gema sobre mi pezón izquierdo.

—Tus senos están más grandes. Habría sabido la verdad de tu embarazo solo con mirar tu cuerpo.

La idea de que el hombre conociera mis pechos tan bien solo validó nuestro emparejamiento aún más. Ese tipo de pensamiento desapareció rápidamente cuando los agarró y comenzó a pasar sus pulgares sobre mis picos sensibles.

—No funcionó —le dije, haciendo pucheros. Cuando frunció el ceño, agregué—: La vibración.

—¿Te refieres a esto? —Agitó su mano por encima de mis pechos y las gemas comenzaron a vibrar.

—Oh, sí —gemí, empujando mis pechos contra sus palmas.

Él se arrodilló sobre la cama y me obligó a recostarme, luego se colocó sobre mí. Él me besó, larga y profundamente.

—Quiero follarte. —Presionó su polla contra mi centro—. ¿Qué hay del bebé?

—¿Crees que follarme le hará daño al bebé?

Se veía tan inseguro de sí mismo, tan vulnerable. Él estaba a cargo en el dormitorio, pero en este momento, ahora era el bebé quien lo estaba. Él podría ser dominante y mandón al atarme y azotarme, pero nunca me haría daño.

Podía sentir cuánto me deseaba, podía verlo en sus ojos, oírlo en su voz, sentirlo en su beso, pero estaba dispuesto a sacrificarse por su hijo.

—Como médica, puedo asegurarte que follar no le va a hacer daño a un bebé en el vientre. —Me moví y Tark me dejó levantarme. Extendí la mano para buscar en su pequeño baúl. Estaba exactamente donde había estado antes de irme. Encontré el juguete que quería y lo miré por encima del hombro.

—O puedes usar esto. —¿Estaba siendo demasiado directa? ¿Estaría sorprendido por mi audacia? Había cruzado la galaxia por él. No iba a contenerme de nada ahora—. Quizás descubras que tomarme por aquí es menos preocupante.

Su mirada entrecerrada se deslizó por mi espalda y aterrizó en mi trasero.

—¿Quieres que te folle por el culo, *gara*?

La idea hizo que mis pezones se endurecieran increíblemente más. Podía sentir mi humedad entre mis piernas y mis muslos estaban mojados ella.

—Quizás no ahora, pero puedes prepararme.

Sus ojos se volvieron imposiblemente oscuros y apretó su mandíbula. Podía ver su polla presionando contra la parte delantera de sus pantalones. Se paró al lado de la cama y se desnudó. —Busca el aceite —ordenó.

Con dedos ansiosos, metí la mano en el baúl y encontré un vial de aceite con aroma a almendras. Vertí un poco en mis dedos y coloqué el recipiente al lado del juguete en la cama.

Frotando mis dedos, lo calenté y el aroma que había llegado a amar, a obsesionarme, me llegó a la nariz. Almendras. Cubrí un pezón duro, luego el otro, con el líquido brillante. Tark se detuvo y solo me miró, observando mis dedos.

—Soñé con este aroma mientras estuve lejos —le dije.

Tark agarró mis caderas y me volteó sobre mi espalda. Separó mis muslos y se acomodó entre ellos. Su aliento me refrescó el coño. —Soñé con este aroma, este sabor, mientras estuviste lejos.

Bajó la cabeza, puso su boca sobre mí y me hizo correrme. No le tomó mucho tiempo, porque estaba ansiosa por un orgasmo inducido por Tark y él estaba voraz.

Yo estaba sudada y cansada, con mis piernas abiertas y mis dedos enredados en su oscuro cabello. No tenía vergüenza, no quedaba ni un hueso modesto en mi cuerpo. Se acercó a mí para depositar un suave beso en mi vientre aún plano.

Él inclinó la cabeza. —Voltéate, Eva.

Lo hice con entusiasmo. Colocando una mano alrededor de mi cintura, me empujó hacia atrás y hacia arriba para que mi culo estuviera en el aire y justo delante de él. Alcanzando el vial de aceite, separó mis nalgas y sentí el lento y cálido deslizamiento mientras gota tras otra de aceite caía sobre mi entrada trasera. Usando su pulgar, dibujó círculos lenta y cuidadosamente, mirándome.

—No me iré esta vez —dije.

Su pulgar se detuvo, pero no se movió. Me mecí bajo su palma y le insistí. Alcé la mano y toqué detrás de mi oreja. Ahora había una marca en el hueso de mi cráneo, donde el nódulo de transporte había estado antes. —Mira, no está allí, Tark. Se fue. No voy a volver a la Tierra. Nunca.

Por un segundo, vi angustia en su rostro, pero cuando me froté contra él de nuevo, fue reemplazada por una mirada tan llena de calentura que me hizo jadear.

Su mano se elevó para luego golpear mi trasero. Me sobresalté al contacto. —¡Tark!

—Estaba tan enojado. —Comenzó a azotarme en serio, en un lado y luego el otro. No eran las nalgadas más fuertes que me hubiera dado, pero estaba muy cerca. Me quedé sobre mis antebrazos, quieta, lo que le permitió desatar la frustración reprimida. Yo también necesitaba este manejo rudo, necesitaba el enfoque que me daban los azotes. Me deleité en su atención, sentí cada punzante nalgada y solo pensaba en la siguiente. Fue una zurra de corta duración y cuando terminó, tomó mi trasero con ambas manos, acariciando la piel caliente. Sentí que mi coño goteaba de necesidad.

Mirándolo por encima del hombro, le dije: —Me castigaste por irme, amo. ¿Qué recompensa me darás por regresar?

Entrecerró los ojos y apretó la mandíbula. Levantó el juguete orbital.

—Esto, luego esto. —Puso el juguete sobre mi espalda baja como lo había hecho con el juguete U antes de que me fuera y, luego, agarró su polla y comenzó a acariciarla. El líquido preseminal goteaba de la punta y caía por la cabeza acampanada. Me lamí los labios, queriendo probarlo. Todavía no había tenido la oportunidad de hacerlo, pero tendríamos el resto de nuestras vidas.

Recogiendo el vial de aceite, colocó la abertura en mi entrada y la insertó cuidadosamente. Sentí que el aceite tibio me llenaba lentamente, más y más profundamente. Cuando estuvo listo, arrojó el recipiente vacío a un lado y tomó el juguete, lo cubrió con el aceite en su mano antes de presionarlo en mi entrada trasera.

—Relájate, *gara*. Buena chica. —Era delicado, pero persistente, pero mi cuerpo también lo combatía. No estaba acostumbrada a tener algo estirándome allí y lo apreté. Él lo intentó y lo intentó, pero fue demasiado.

Estaba respirando fuerte y tenía mi cara enterrada en las mantas. Tark dejó de intentar meter el juguete dentro de mí y lo dejó descansar contra mí. Luego, lo encendió.

—¿Qué tal ahora?

Por supuesto que la maldita cosa vibraba. Todo en Trion vibraba... y todo eso me gustaba.

Me quedé sin aliento al sentirlo, los ecos del objeto se movían a través de mi cuerpo, haciendo que las terminaciones nerviosas cobraran vida. Se mezcló con el doloroso calor que irradiaba mi nalga azotada. Me relajé y Tark deslizó el juguete hasta que la primera forma de esfera desapareció dentro de mí. La sensación era extraña, excitante y tan traviesa que, por supuesto, mi coño se humedeció aún más. Jadeando ahora, arqueé mi espalda y miré a Tark por encima del hombro. Yo también lo quería, dentro de mí. Ahora mismo.

Empujó mis muslos de par en par, abriéndome. —Estás tan mojada, *gara*. Mi polla está ansiosa por entrar en ti.

Grité al sentir sus dedos en mi coño y la parte superior vibradora del juguete en mi culo. Mientras continuaba acariciándome, metió el juguete cada vez más hasta que estuvo completamente en mí. Tark le dio un pequeño tirón para asegurarse de que estaba bien dentro antes de voltearme sobre mi espalda.

—¡Tark! —chillé cuando la base me golpeó.

—Creo que la palabra que debería escuchar de esos labios carnosos es amo.

Usando sus rodillas para abrirme más, se acomodó en la cuna de mis caderas, su polla empujando mi entrada.

—¿Te tocaste cuando estuviste lejos? —Él se inclinó hacia adelante, separándome, estirándome para abrirme.

Mis ojos se cerraron y gemí.

—¿Lo hiciste? —repitió, su voz áspera como piedras sobre el suelo.

—¡Sí! —lloré, porque se echó hacia atrás y me dio una estocada profunda, finalmente llenándome de la manera que necesitaba.

Él chasqueó la lengua. —Pensé que tu placer me pertenecía, *gara*.

—Así es —jadeé—. No pude correrme. No podría correrme sin ti. Pensaba en ti. En esto, en tu polla dentro de mí y lo intenté, pero nada funcionó. Oh, Dios, es tan rico.

Nunca antes había estado tan llena. La combinación del juguete y la enorme polla de Tark fue suficiente para llevarme al límite y correrme en tan solo unas pocas estocadas. Había estado demasiado necesitada por mucho tiempo.

Me canturreó mientras me corría, diciéndome lo guapa que era, que verme correrme lo preparaba para correrse él también.

Una vez que el ardiente placer disminuyó, dijo: —No puedo esperar más. *Fark*, la vibración es demasiado. Eres demasiado. —Se inclinó y besó mi cuello, lamió la piel sudada, frotó su pecho contra mis sensibles pezones.

Sus caderas se movieron más rápido y más frenéticamente. Iba a correrme de nuevo por la forma en que golpeaba mi clítoris con cada estocada profunda. —Tark, amo… ¡por favor!

—Una más, Eva. Nos correremos juntos.

Mientras me agarraba el culo, sentí el dolor de sus palmas contra mi piel adolorida. Me levantó y arremetió con fuerza, frotando un punto dentro de mí que me hizo correrme. Tark gimió mientras yo ordeñaba y le apretaba la polla. Su grito sonó fuerte en mi oído, pero no me importó. Estaba pesado encima de mí, pero me deleité con el gran peso. Me hizo sentir segura, protegida y totalmente amada.

Alzó su mano y las vibraciones en mi culo y en mis pezones cesaron. Tendría que aprender cómo hacer eso. Fue como por arte de magia. Esta conexión entre nosotros era como magia.

Cuando Tark se recuperó lo suficiente como para hacerse a un lado, su semilla se salió de mí. Pasó un dedo por su esencia pegajosa mientras me sacaba el juguete. Solté un suspiro al sentirlo, pero lo extrañé cuando desapareció.

—Eres mía, *gara*.

Él bajó la cabeza y me besó. Me saboreó. Me probó.

Levantando su cabeza, se encontró con mi mirada. Retiré el mechón de cabello de su frente y observé cómo caía otra vez en el mismo lugar.

—Y tú eres mío, Tark. Consejero superior. *Amo*.

¡Continúa leyendo de la siguiente aventura de Novias Interestelares - **Reclamada por sus parejas!**

Desesperada por escapar de un hombre poderoso, decidido a hacerla pagar por haberlo desafiado, la única opción de Leah es ofrecerse como voluntaria del

Programa de Novias Interestelares. Ella es asignada al planeta Viken, pero, a su llegada, se sorprende al descubrir que ha sido emparejada no solo con un hermoso e inmenso guerrero, sino con tres.

Drogan, Tor y Lev nacieron como trillizos idénticos de la familia real de Viken, pero fueron separados al nacer como último recurso para prevenir una guerra catastrófica. Una paz frágil ha prevalecido con los años, sin embargo, ahora una terrible amenaza desde lo más profundo del espacio crece cada día que pasa y los tres hermanos solo pueden salvar a su gente de una sola manera. Deben escoger una pareja y engendrar un único heredero al trono lo más pronto posible.

Aunque lo último que esperaba al dejar la Tierra era ser compartida por tres hombres, Leah no puede ocultar su intensa excitación cuando los hermanos comienzan a enseñarle lo que significa ser poseída por guerreros de Viken. No pasa mucho tiempo antes de que su negativa a someterse completamente a sus dominantes esposos implique para Leah unos sonoros azotes sobre su trasero desnudo, pero ese castigo vergonzoso, simplemente, incrementará su deseo por ellos. Con su propio futuro y el del planeta en juego, ¿se resistirá obstinadamente a las exigencias de su cuerpo? ¿O se rendirá para que sus parejas la reclamen?

¡Continúa leyendo de la siguiente aventura de Novias Interestelares - **Reclamada por sus parejas!**

ESPAÑOL – LIBROS DE GRACE GOODWIN

Programa de Novias Interestelares®

Dominada por sus compañeros

Pareja asignada

Reclamada por sus parejas

Unida a los guerreros

Unida a la bestia

Tomada por sus compañeros

Domada por la bestia

Unida a los Viken

El bebé secreto de su compañera

Fiebre de apareamiento

Sus compañeros de Viken

Programa de Novias Interestelares® : La Colonia

Rendida ante los Ciborgs

Unida a los Ciborgs

Seducción Ciborg

¡Más libros próximamente!

INGLÉS – LIBROS DE GRACE GOODWIN

Interstellar Brides® Program

Assigned a Mate

Mated to the Warriors

Claimed by Her Mates

Taken by Her Mates

Mated to the Beast

Mastered by Her Mates

Tamed by the Beast

Mated to the Vikens

Her Mate's Secret Baby

Mating Fever

Her Viken Mates

Fighting For Their Mate

Her Rogue Mates

Claimed By The Vikens

The Commanders' Mate

Matched and Mated

Hunted

Viken Command

The Rebel and the Rogue

Interstellar Brides® Program: The Colony

Surrender to the Cyborgs

Mated to the Cyborgs

Cyborg Seduction

Her Cyborg Beast

Cyborg Fever

Rogue Cyborg

Cyborg's Secret Baby

Her Cyborg Warriors

Interstellar Brides® Program: The Virgins

The Alien's Mate

His Virgin Mate

Claiming His Virgin

His Virgin Bride

His Virgin Princess

Interstellar Brides® Program: Ascension Saga

Ascension Saga, book 1

Ascension Saga, book 2

Ascension Saga, book 3

Trinity: Ascension Saga - Volume 1

Ascension Saga, book 4

Ascension Saga, book 5

Ascension Saga, book 6

Faith: Ascension Saga - Volume 2

Ascension Saga, book 7

Ascension Saga, book 8

Ascension Saga, book 9

Destiny: Ascension Saga - Volume 3

Other Books

Their Conquered Bride

Wild Wolf Claiming: A Howl's Romance

BOLETÍN DE NOTICIAS EN ESPAÑOL

FORMA PARTE DE MI LISTA DE ENVÍO PARA SER DE LOS PRIMEROS EN SABER SOBRE NUEVAS ENTREGAS, LIBROS GRATUITOS, PRECIOS ESPECIALES, Y OTROS REGALOS DE NUESTROS AUTORES.

http://ksapublishers.com/s/c5

CONÉCTATE CON GRACE

Puedes mantenerte en contacto con Grace Goodwin a través de su sitio web, su página de Facebook, Twitter, y en Goodreads, por medio de los siguientes enlaces:

Newsletter:
http://bit.ly/GraceGoodwin

Sitio web:
https://gracegoodwin.com

Facebook:
https://www.facebook.com/profile.php?id=100011365683986

Twitter:
https://twitter.com/luvgracegoodwin

Goodreads:
https://www.goodreads.com/author/show/15037285.Grace_Goodwin

SOBRE GRACE GOODWIN

Grace Goodwin es una escritora reconocida por USA Today por sus libros de superventa internacional de ciencia ficción y romance paranormal. Los títulos de Grace están disponibles en todo el mundo en varios idiomas, en formato de libro electrónico, impreso, audiolibro y apps. Dos mejores amigas, una en quien predomina el lado izquierdo del cerebro y otra donde lo hace el lado derecho, forman el galardonado dúo de escritoras que es Grace Goodwin. Ambas son madres, entusiastas de los juegos de escape, ávidas lectoras e intrépidas defensoras de sus bebidas preferidas (puede o no haber una guerra continua de té y café durante sus comunicaciones diarias). Grace ama saber sobre sus lectores.

www.ingramcontent.com/pod-product-compliance
Lightning Source LLC
La Vergne TN
LVHW011822060526
838200LV00053B/3869